교통이슈로 살펴본 시사 에세이

행복한
출퇴근길

이인화 지음

교통이 답답하면 고통이다!

주거와 교통은 시스템입니다. 전문가의 손길이 필요합니다.
위협받지 않는 주거, 고통받지 않는 교통으로 행복한 도시를 꿈꿉니다.
주거 교통 전문가 이인화의 따뜻한 시선, 세상 이야기 셋

목차,

교통이 답답하면
고통이다!

주거와 교통은 시스템입니다.
전문가의 손길이 필요합니다.
위협받지 않는 주거, 고통받지 않는
교통으로 행복한 도시를 꿈꿉니다.
주거 교통 전문가 이인화의 따뜻한 시선,
세상 이야기 셋

하나,

通 : 통하다

교통이 숨 쉬는 세상

둘,

溫 : ON

따뜻한 시선으로 각성한 삶

셋,

達 : 이르다

현장의 지식이 성장 동력

저자

이인화

누구나 인정하는
주거·교통 전문가

국회 국토교통위원장 비서관으로,
청와대 국토교통비서관실 행정관으로,
국토교통부 장관 정책보좌관으로,
교통·주거 정책의 일선에서
최선을 다했습니다.

민주당의
그늘에서
성장했습니다

정통 서민정당 민주당의
보좌진으로 일했습니다.
야당인 시절도,
여당인 시절도 있었지만
단 한 번도 뿌리를
잊지 않았습니다.
오직 민생,
이인화의 원칙입니다.

제대로
배웠습니다

고려대 행정학사 / 정치학사(2중전공),
서강대 정치학 석사,
연세대 공학박사(도시공학)
공직 수행의 바탕인 행정학, 정치학,
도시공학을 전공하고 연구했습니다.

열정만으로 예산을 확보하지 못하는
현실을 자각합니다.
의지만으로 성과가 나오지 않는
진리를 직시합니다.
전문적인 식견과 충분한 근거,
데이터와 사례로 증명하고 설득하는 정치,
국민에게 필요한 사람은 정치 전문가가 아니라
전문가 정치인입니다.

주거·교통 전문가
이인화의 24시!

05:30

기본에 충실한 삶의 시작은 성실입니다.
새벽 5시 20분, 집을 나서 개인 연구실에 도착합니다.

이메일 확인, 언론기사 검색, 일정 확인, 인터뷰
준비 등으로 오늘도 부산한 하루를 엽니다.

머릿속에 그려지는 사람들과의 만남들,
왜 그들은 나에게 중요한가?

최근 며칠 머리를 싸매고 구상했던 정책 제안들은
얼마나 많은 사람들에게 혜택이 돌아갈 것인가?

혹시 놓쳤던 사소한 디테일은 없는가?

출퇴근길이 충분히 행복해질 때까지
이인화의 고민은 끝나지 않습니다.

주거와 교통,
행복하거나 항복하거나

니콜라이 오스트롭스키의 역작 [강철은 어떻게 단련되었는가] 에는 세상 그 누구와도 비교하기 어려울 정도로 강한 의지력을 지닌 인물이 등장합니다. 작품의 주인공 빠브카는 눈이 멀고 서서히 전신이 마비되는 극한 처지에서도 자신의 신념을 잃지 않습니다. 한국 현대소설의 거장 故 최인훈 선생님께서 극찬을 아끼지 않았던 이 작품은 사실 32세에 생을 마감한 작가 자신의 자전소설입니다. 맹렬한 의지로 끝까지 자신을 놓지 않았던 주인공 빠브카와 작가 니콜라이, 작품의 사상은 차치하고라도 시퍼렇게 날 선 청년 정신만 닮고 싶다는 생각을 해봅니다. 자신을 그토록 한계까지 밀어붙여 볼 수 있는 용기에 지금도 감탄을 금할 수 없습니다. 젊다기보다 어린 날, 대학에서 정치학과 행정학을 전공할 무렵에는 세상을 경략할 수 있는 통찰력을 꿈꿨습니다. 구성원들을 이끄는 리더가 되어야 한다고 다짐했습니다. 남보다 한 발 앞서 생각하고 남보다 먼저 행동하는 기민함으로 무장하며 자부심을 채웠던 시절이었습니다. 책상물림의 치기만 가득하던 허세인지라, 그때만 생각해보면 공연히 실소를 머금게 됩니다. 국회 보좌진의 막내로 들어가 더불어 사는 세상의 진짜 지혜를 배우기 시작하면서 동반자 관계와 상생에 눈을 떴습니다. 세상은 리더가 구성원들을 일방적으로 이끌만큼 기계적 질서로 짜인 판이 아니었습니다. 다들 시간이 모자랄 정도로 열심히 일했지만, 서로의 부족한 점들을 조화롭게 채워주는 공생의 양보가 아니었다면 한 치의 성과도 낼 수 없었을 것입니다. 기획하는 사람, 실행하는 사람, 검토하는 사람, 결정하고 책임지는 사람들이 모여 각자의 자리에서 자신의 역할을 다하는 순간, 말이 씨가 되고 꽃을 피우며 열매를 맺게 되는 진리를 깨닫게 되었습니다. 사람과의 관계, 소통의 비밀에 대해 하나둘 알게 되면서, 멋져 보이지만 공허한 구호보다 유기적인 협업, 아름다운 공학적 질서의 가치를 느꼈습니다. 협업에서 중요한 것은 책상이 아니라 현장에서 체득한 산 지식이었습니다. 함께 결과를 만들어내는 협업의 태도가 함께 잘사는 상생으로 이어지고, 공유와 나눔의 지혜로 발전할 수 있으니 뒤늦게 맛본 기쁨에 시간 가는 줄 몰랐습니다. 연세대학교 대학원에 진학해 도시공학을 전공한 이유도 교통과 주택, 도시 인프라를 많은 전문가들이 함께 만들어가는 종합예술의 극치였기 때문입니다. 국토교통위 국회의원 보좌관을 거쳐 청와대 국토교통비서관실 행정관, 국토교통부 장관 정책보좌관 등으로 일하며 수많은 현장을 살피고 경험했습니다. 오래도록 공부하고 일하며 쌓은 노하우를 다시 사회에 되돌려주기 위하여 새로운 출발을 다짐합니다. 남양주 지역구 국회의원 보좌진의 한 사람으로서 일하던 10여 년 전, 당시 척박했던 인프라의 남양주를 기억합니다. 서울 주변 도시 중 하나에 불과했던 남양주에 지하철 노선을 하나둘 끌어오고 국도와 지방도로를 확충했던 여정에 참여했던 기억이 새롭습니다. 이 책에 담긴 주요 내용은 교통 이슈를 빌려 주거·교통 전문가의 눈으로 바라보는 세상 이야기입니다. 아직 젊은 나이 탓인지 모르지만 개인이 걸어온 자전 스토리를 책으로 엮는 식상한 작업에 한 손 보태고 싶은 생각은 손톱만큼도 없습니다. 주거와 교통은 우리 삶을 좌우하는 가장 큰 인프라 지표입니다. 주민들이 만족하며 행복하거나, 현실에 항복하고 치 떨며 떠나는 이정표입니다. 이 점을 잊지 않고 대안을 고민하는 시사 칼럼으로 구성했습니다. 교통방송 라디오에 출연해 다룬 주제도 상당한 비중입니다. 책임 있는 발언으로 신중한 관점을 견지했습니다. 주거와 교통 문제에 관한 한 '빠브카'의 의지와 신념처럼 한계까지 밀고 나갈 작정입니다. 공연히 '장안의 지가(紙價)만 올려놓았다'는 푸념을 듣지 않도록 여러 번 고치고 다듬었습니다. 졸필의 변명을 장황하게 늘어놓고 독자 여러분의 따끔한 질책을 기다립니다. 감사합니다.

전 청와대 국토교통비서관실 행정관

이인화 올림

하나,

通 : 통하다

교통이 숨 쉬는 세상

세상에 교통이 흐릅니다.

버스, 철도, 항공기, 지하철, 자동차, 오토바이, 퀵보드, 택배차량...

온갖 교통수단이 사람과 사람을 만나게 하고, 세상과 세상을 연결합니다.

누군가를 만나는 것, 어딘가를 오가는 것의 의미는 소통을 의미합니다.

내 생각이 건네어지고 상대방에게 대답을 듣습니다.

때로 내 삶이 통째로 건너가기도 합니다.

소중한 남의 경험을 송두리째 얻기도 합니다.

힘차게 뛰는 맥박처럼, 온몸을 휘도는 혈관처럼

원활하게 흐르는 교통을 고민합니다. 방법을 공부합니다.

이인화의 교통은 숨 쉬는 세상의 지혜입니다.

교통은 [모든 사람이 누릴 수 있는 공공복지] 다
교통약자 이동권은 반드시 보호되어야 할 인권

따뜻한 사람이 그리운 계절이다. '꽃이 지고 나서야 봄인 줄 알았다' 고 후회한 사람들의 넋두리마저 믿지 않다. 봄꽃이 활짝 피어나면 돌아가신 노무현 대통령이 생각하고 공연히 주책맞게 눈물이 난다. 생전의 그 소탈한 모습, 활짝 웃으면 얼굴 전체에 고랑이 패어 마치 이웃집 삼촌이나 고향 형님처럼 반가운 실루엣을 만들어내던 우리 시대의 마지막 휴머니스트. 촌스럽고 정겨운 얼굴로도 충분히 날이 선 정치를 펼칠 수 있다는 것을 자신의 삶으로 몸소 증명한 사람, 격의 없는 사이일수록 서로 더 존중해야 한다는 예의가 몸에 밴 '참지식인', 정말 다양한 아바타를 지닌 거인이었다. 흙수저 서민 대통령, '바보 노무현'이 국가를 이끌던 참여정부 시절, 다양한 분야에서 개혁이 시도되었다. 국가 지도부의 의지는 확고했고 오랫동안 참아온 민심이 폭발했다. 안과 밖에서 활발하게 호응하는 줄탁동시(啐啄同時)의 시대, 역사적 작업에 참여한 전문가들의 의욕도 흘러넘치기 직전이었다. 오랜 군사정권을 거치고 기득권의 카르텔이 공고해진 우리 공직 사회 내부는 곪아서 농이 줄줄 흐르는 중환자였다. 빨리 환부를 도려내지 않으면 나중에는 팔다리를 잘라야 할지도 모를 지경이었다. 뜨겁게 달아오른 용광로를 방불케 하는 개혁, 가끔 술자리에서 그 시절을 회고하는 당의 선배들은 이야기를 이어가다가 어느새 눈시울이 붉어져 있었다.

교통약자들의 이동권과 관련해서 논란이 심각한 즈음이다. 오늘 방송에서는 교통약자들의 이동권이 여행 제약으로까지 이어지는 문제에 대해 의견을 주고받았다. 이름난 관광지의 케이블카, 모노레일 등에 장애인 이동시설이 갖춰져 있지 않은 데 대해 생각이 복잡해졌다. 과연 우리나라가 선진국으로 불릴 교양과 지성을 갖춘 나라인지 의심스럽다. 한때 국정의 교통정책 수립 현장에서 복무했고, 지금도 교통 전문가를 자처하고 있는 나 자신에게 부끄러워졌다. 교통에 대한 심각한 오해 중 하나는 다수의 편익에 우선해야 한다는 상식론이다. 현대인들이 누리고 있는 모든 인권 중에 교통 이동권이 앞줄에 꼽힌다는 사실을, 의외로 사람들은 잘 모르고 지나친다. 소수를 불편하게 만들면서 다수의 이익에만 치중하는 정책은 지극히 행정편의적인 발상에 지나지 않는다. 더불어민주당은 오랫동안 서민 계층을 대변하는 정당으로서 우리 사회를 지탱해왔다. 돈 없고 힘없고 연줄마저 없는 억울한 사람들에게, 민주당은 국회에서 자신들의 이익을 위해 목소리를 내주며 당당하게 싸워주는 든든한 언덕이었다. 그랬던 민주당이 어느새 서민의 삶을 유린해왔던 수구 정당과 다를 바 없는 취급을 받고 있다. 목숨 걸고 서슬 퍼런 군사정권과 맞섰던 민주당의 기개는 어디로 사라졌는가? 광화문에서 분노한 시민 행렬을 다독이며 평화의 촛불시위를 이끌던 리더십은 왜 증발해 버렸는가? 알량한 지분에 연연하는 것이 정치하는 목적이란 말인가? 폭주하는 정부, 민심을 거스르는 여당에게 제대로 된 견제조차 하지 못하는 지금의 무기력한 모습이 과연 정통 야당의 맥을 잇는 민주당의 실체란 말인가? 나는 요즘 이런 질문을 스스로에게 던지며 올바른 답을 구하기 위해 변민의 사색에 잠긴다.

주거 교통 전문가로서 교통방송에 패널로 참여할 때마다 책임감으로 신중해진다.

교통은 [집단이성의 지혜] 다
제주 제2공항 찬반 논란에 부쳐

더 많은 사람들과의 소통으로 좋은 대안이 만들어지는 법이다. 사진은 한 토론회에 참여한 모습.

교통 관련 이슈에서 이해관계의 충돌은 자주 발견되는 현상이다.

제주 제2공항 건설 같은 경우가 대표적인 사례다. 제주 공항 활주로의 과포화로 제2공항에 대한 필요성이 꾸준히 제기돼 2015년 정부가 서귀포시 성산읍 일대를 부지 예정지로 발표한 지 벌써 8년이 지났는데도 아직 정확한 일정이 정해지지 않고 구체적인 추진이 지지부진한 상황이다. 이 같은 배경에는 주민들의 팽팽한 찬반 논란이 자리하고 있다. 관광 수요가 많은 서귀포의 2공항 개항으로 제주도 관광산업 발전에 기대를 걸고 있는 사람도 많지만, 환경오염을 우려해 적극적인 저지 움직임을 보이고 있는 비상도민회의 측 등 반대측 주민들의 여론도 무시할 수 없는 게 현실이다. 현재 우리나라의 관광산업은 출국 수요가 입국 수요보다 높아 관광수지 적자 현상이 심화되고 있다. 코로나 이전 5년간 외국인 입국은 9% 증가에 그쳤고, 내국인 출국은 78%나 늘어났다. 전문가들은 관광수지 적자 개선을 위해서 제주도를 세계적인 관광지로 육성해야 하는 전략이 필요하다고 주장하는데도, 주요 입국 관문 중 하나인 제주공항의 활주로 포화상태는 심각한 수준이다. 2019년 기준 이용객 3,132만 명을 처리한 제주 공항은 전 세계적으로 가장 혼잡한 공항중 하나로 꼽히고 있다. 전 세계에서 활주로 1본 공항 중 제주보다 많은 여객을 처리한 공항은 영국 런던의 제2공항인 개트윅 공항 등 단 3개에 불과하다.

현재 제주 공항은 돌풍으로 인한 복행 등 빈번한 운항 지연은 물론, 상습적인 혼잡으로 이용객의 불편이 가중되고 있어 대체 활주로의 확충이 당장 시급한 상황으로 판단된다. 전문가들과 연구기관의 분석에 따르면 최소한 4천만 명 이상의 여객 수용이 가능한 항공 인프라가 제주에 필요한 상황이다. 현 공항에 활주로 추가 건설을 하거나 보조 활주로 활용 등의 임시 대책은 공항 구조상 용량 증대의 한계에 직면한다. 해양 매립으로 인한 환경 훼손이 우려되고, 현 공항 주변의 혼잡과 소음피해도 피할 길이 없다. 세계적 관광지인 스페인 테네리페, 그리스 크레타 등 제주도와 비슷한 규모의 섬이 2개의 복수 공항을 운영하며 세계적인 관광지로 부상한 전례를 참고하면, 정부 발표대로 서귀포 예정지의 제2공항 건설은 불가피해 보이지만, 강행을 저지하려는 주민 반대도 만만치 않다. 비상도민회의는 조류충돌 방지대책, 조류 서식지 보호방안, 항공소음 영향 대책,

법정 보호생물 보호, 숨골(지하 암반 틈으로 지하수가 흘러가는 길) 영향 및 대책 마련을 요구하고 있다. 국토교통부는 기획재정부와 총 사업비(6조 8,900억 원) 협의가 마무리되는 대로 이르면 연말, 늦어도 내년 총선쯤에 기본계획을 고시할 예정이다. 제2공항 강행저지 비상도민회의는 기본 계획 중단과 주민투표를 요구하는 서명을 진행 중이다. 국토교통부 장관이 제주공항의 국내선 항공권 품귀 현상에 대한 국회 지적에 대해 제2공항 등 인프라가 부족한 때문이라고 답변한 것과 관련해 2공항 반대 단체의 반박이 이어졌다. 비상도민회의는 성명을 통해 지난 9월 기준 제주공항 국내선 운항 편수는 지난해보다 7천 590편이 감소했다며, 이는 항공사들이 국내선 항공기를 수익률이 높은 국제선으로 돌렸기 때문이라고 주장했다. 비상도민회의는 이어 국토부는 제2공항 건설을 부추기지 말고 잘못된 항공정책을 바로 잡으라고 촉구했다. 찬성과 반대의 여론 공방이 만만치 않지만 냉철한 이성으로 최선의 지혜를 모아야 할 시점이다. 국가 주요 인프라 구축에는 여론 수렴도 중요하지만, 객관적 연구 데이터의 실증 과정이 반드시 필요하다. 이해 당사자뿐만 아니라 국민

모두가 납득할 수 있는 데이터로서 사업 추진 동력을 삼아야 한다.

집단이성의 지혜는 '일방의 강행이 아니라 쌍방의 수긍'에서 나온다.

젊고 열정에 찬 사람들과의 교류는 늘 신선한 아이디어를 샘솟게 만든다.
사진은 더불어민주당의 젊은 동지들과 함께한 모습.

교통은 [인명을 보호하는 캠페인] 이다
'킥라니' 취급받는 전동 킥보드

전동 킥보드의 안전사고가 잇따르고 있는데도 사회적 무관심이 여전하다. 전동 킥보드라고 불리는 개인형 이동장치(PM)가 대형 인명 사고에 노출된 사례는 우리 주변에서 쉽게 찾아볼 수 있다.

새벽 1시 14분 서울 서초구의 한 사거리. 한 대의 전동 킥보드에 탄 여고생 2명은 신호를 무시하고 도로를 건넜다가 다른 도로에서 달려오던 택시와 부딪혀 1명은 사망하고, 1명은 골절 등 중상을 입었다. 운전하던 여고생은 무면허였고, 2명 모두 안전장구를 착용하지 않아 큰 사고를 피할 수 없었다. 또 다른 사례 하나. 새벽 2시 30분 충북 충주시의 한 도로, 전동 킥보드를 타고 가던 대학생이 뒤따라오던 승용차에 부딪혀 병원으로 옮겨졌지만 결국 사망에 이르고 말았다.

변창흠 전 국토교통부장관(왼쪽)과 집무실에서.

이 대학생 역시 안전모를 착용하지 않았던 것으로 전해졌다. 있을 수 있는 교통사고로 치부하기에 2개의 사례는 결과가 너무나 참혹하다.

경각심의 부족이 얼마나 큰 참사로 이어질 수 있는지 보여준다는 점에서, 새로운 각도의 대책 도입이 시급해졌다. 일단 법규상의 사고 방지 노력은 충분하다고까지 할 수는 없지만 적어도 손을 놓고 있지는 않다. 2년 전 개정된 도로교통법에 따르면 전동 킥보드 등 개인형 이동장치(PM)는 운전면허를 소지한 성인 또는 원동기 장치 자전거면허를 취득한 만 16세 이상만 사용할 수 있다. 주행시에는 반드시 안전모를 착용해야 하고, 한 대에 두 명 이상이 타면 안된다. 무면허 운전 10만 원, 2인 이상 탑승 금지 4만 원, 안전모 미착용 2만 원, 인도-횡단보도 주행 3만 원 등 범칙금 기준도 마련됐다. 음주 운행 적발시 검사 결과 0.08% 이상 나오면 운전자가 갖고 있는 모든 운전면허를 취소 처분할 수 있다. 이처럼 전동 킥보드와 관련된 안전수칙을 이전보다 강화했는데도 사망자 수는 오히려 늘어났다.

도로교통공단에 따르면 최근 5년(2017년~2021년)간 전국에서는 총 3,421건의 PM 관련 사고가 발생했다. 2017년 11건, 2018년 225건, 2019년 447건, 2020년 897건, 2021년 1,735건으로 매년 2배가량 증가 추이를 보여왔으며, 사망자 수도 2018년 4명, 2019년 8명, 2020년 10명, 2021년 19명, 2022년 25명으로 계속 늘어나고 있다. 전국에서 운행중인 사설 대여 전동킥보드는 모두 23만 2,784대인데, 안전모를 쓰는 사람이 거의 없고, 부모의 운전면허를 도용하거나 인터넷에 돌아다니는 면허증 파일을 다운받아 사용하는 경우가 있는데도 면허증 검사는 사실상 거의 이뤄지지 않는 것으로 나타났다. 어린 학생들의 경우 앞서 본 첫 번째 사례처럼 돈을 아끼기 위해 2명씩 탑승하는 경우도 발견된다. 이처럼 단속의 사각지대인 전동 킥보드 라이더에 대해 자동차 운전자들은 도로에서 갑자기 툭 튀어 나오는 고라니 같다며 '킥라니'라고 부르기도 한다. 당장 젊은이들의 인명사고 방지를 위해 대책 마련이 요구되지만, 주무 행정의 주체부터가 느슨한 환경에 놓여 있다. 킥보드 대여업은 '자유업'으로 분류돼 지자체에 신고 후 영업이 가능하기 때문에, 정부가 킥보드 대여업체를 관리 감독할 의무가 없다. 따라서 중앙부처의 관심이나 협조 없이 적극적인 대책을 마련하는 데 있어서 자동차 같은 다른 이동수단에 비해 상대적으로 기민하기 쉽지 않은 것이다. 사고 당사자들이 대개 어린 청소년들이라는 점을 감안하면, 경각심을 일깨우기 위해서라도 당장 대대적인 캠페인부터 필요하다. 캠페인은 비용이 많이 들어가고 단기간에 효과 입증이 어려운 방법이라 지자체로서는 예산 확보부터 녹록지 않다. 단 하나의 인명이라도 노출된 위험에서 건져내야 할 국가가 나서야 한다.

인구절벽에 직면한 상태에서 출산율을 높이기 위해 수십조 원의 예산을 쓰면서도 당장 국가의 미래동력인 청소년 인명 구조에 소홀한 모순점을 바로잡아야 마땅하다.

각종 토론회를 통해 집약된 전문 지식은 좋은 정책을 만드는 원동력이 된다.

교통은 [누군가를 기억하는 여정] 이다
현충일, 호국영령을 찾아가는 길

6월 6일은 현충일이다. 6월이 '호국의 달'인 이유도 현충일에 뿌리를 두고 있다. 지난 1956년 제정된 현충일은 한국전쟁의 호국영령과 일제 강점기에 독립투쟁으로 몸을 던진 순국선열, 그리고 국토방위에 목숨을 바친 이의 숭고한 넋을 기념하는 국가 추념일이다. 삼일절, 제헌절, 광복절, 개천절, 한글날 등 법정 휴무일로 지정된 5대 국경일은 아니지만 그에 버금가는 의미를 담고 있으며, 숨진 넋의 유족들이 아직도 살아서 눈물짓기 때문에 '슬픔이 끝나지 않은 날'이기도 하다. 오전 10시 정각이 되면 전국적으로 1분간 추모 사이렌이 울려 퍼져, 국가를 위해 희생한 분들을 가슴에 되새기는 순간으로 삼는다. 서울 동작동과 대전 국립현충원에는 정치권을 비롯한 각계각층의 발길이 이어지고, 고인과 유족의 뜻에 따라 전국 각지에 묻힌 곳에서도 추모의 행렬이 끊이지 않는다.

오랜만에 남양주 진건에 있는 선영을 찾았다. 목적이 있는 여정은 누군가를 떠올리게 만든다.

현충일의 영령 중 압도적 다수를 차지하는 이들은 6.25 한국전쟁에서 조국을 지키다 산화하신 분들이다. 동족상잔의 비극으로 일컫는 한국전쟁 당시 한국인 250만 명, 중국인 100만 명, 미국인 5만4천 명을 비롯 약 400만 명의 목숨이 생을 달리했다. 수많은 목숨이 희생된 비극의 현장에서 전장의 맨 앞줄에 선 군인과 경찰, 그리고 학도병과 이름 없는 참전 영령들 덕분에 오늘날의 대한민국은 '진흙에서 피워올린 연꽃'의 신화를 만들었다. 한국전쟁 당시 태어난 신생아들이 73세가 된 지금, 우리는 산업시설의 43%, 주택 33%가 파괴되는 등 전 국토가 초토화된 전쟁의 폐허를 딛고 세계 6위의 군사력, 10위권의 경제력을 갖춘 선진국으로 부상했다. 불과 70여 년의 짧은 기간 동안 이만한 기적을 이룬 사례는 전 세계 어느 곳을 살펴봐도 찾을 길이 없다. 현충일 아침이면 참담한 마음과 눈물 바람으로 집을 나서는 유족들도 있겠지만, 각양각색의 꽃들과 푸른 잎으로 물든 풍광을 맞으러 들뜬 마음에 신발을 꿰는 분들도 있을 것이다. 도로마다 즐비한 차량 행렬에 교통체증은 어쩌면 당연한 것인지도 모른다. 제법 짜증도 나고 누군가의 물색없는 얌체운전 때문에 혀를 차는 일도 있을 것이다. 하지만 지금 우리가 달리는 도로가 70여 년 전만 해도 오로지 살아남기 위한 피눈물의 피난길이었고, 쏟아지는 적을 막기 위한 영령들의 마지막 고지였다는 사실을 잊지 말아야 할 것이다. 때로 교통은 누군가를 기억하는 여정 이다. 뜻깊은 현충일, 오늘날 우리 삶의 토대를 마련해준 '누군가를 기억하는 여정'으로 만들고 싶은 분들에게 추천할만한

장소 몇 군데를 떠올린다. 서울에는 백범 김구 기념관, 일제하 독립운
동가들이 묻힌 효창공원, 전쟁기념관, 독립문, 서대문형무소 등이 있
고, 경기도 오산에 도 유엔군초전기념관, 스미스평화관, 죽미령평화
공원, 부산에는 국립일제강제동원역사관, 유엔평화기념관, 유엔기념
공원 등이 현충일을 되새기는 곳으로 제격이다.

교통은 [반전을 예고하는 관문] 이다
코로나 이후 항공수요 폭발 조짐

질병의 두려움에 시달렸던 사회 분위기가 본격적인 일상 회복의 길로 들어서기 시작했다. 지난 2년여간 우리나라를 비롯해 전 세계는 [코로나19 팬데믹] 이라는 초유의 공포와 맞서 기약 없는 인내를 감내해야 했다. 각종 모임이 취소되고 공항과 철도 등 원거리 주요 교통 인프라는 줄어든 승객들로 한산한 시절을 겪어야 했다. 항공사나 철도공사로서는 적자투성이의 암울했던 시절이지만, 어느새 옛말이 될 수 있을만큼 빠른 회복세를 보이고 있다. 특히 항공수요는 폭발적이라고 할 수 있을 만큼 빠르게 수요가 늘어나 일상의 회복이 우리 눈앞에서 펼쳐지고 있다. 인천공항공사에 따르면 2023년 현충일 황금연휴인 6월 2일부터 6일까지 닷새간 인천공항 이용객 숫자가 무려 73만 7,426

명에 달했다고 한다. 일 평균 14만 7,485명으로 집계돼 항공수요가 폭발적으로 늘어난 사실을 입증한다. 공항이나 철도가 북적이는 것은 다른 나라들도 마찬가지다. 미국의 경우 29일부터 나흘간 항공여행객 수가 980만 명에 달했는데, 코로나19 이전인 2019년 같은 기간보다 약 30만 명이 늘어난 수치를 보였다.

공직 생활에서 좋은 선배들과의 교류는 큰 자산이나 다름없다.
청와대 근무 시절 이호승 전 청와대 경제수석(왼쪽)과 함께

중국의 경우에도 지난 노동절 기간인 4월 29일부터 5월 3일까지 '대

규모 보복여행'에 나서 30일 하루 철도이용액만 약 1천 966만 명으로 사상 최대를 기록했다는 소식이 전해졌다. 우리도 비슷한 양상을 보이고 있어, 현충일 연휴 첫날인 4일 인천국제공항 국제선 이용객은 4만477명으로 코로나19가 발생한 이후 처음으로 4만 명을 넘어섰다. 5일 4만 1,633명, 6일에도 4만 1,123명을 기록했는데, 이처럼 비약적으로 늘어나는 항공수요에 대비해 인력과 시스템도 만전의 태세를 갖추기 시작했다. 2022년 국제선 조기정상화 대책수립 추진 이후 1년간 국제선 운항횟수는 642% 증가했고 공항버스 역시 지난 1년간 379% 증편됐다. 국제 항공노선도 181개 노선이 회복됐고 국제선 회복에 대비해 조종사, 승무원, 보안검색 등 공항 종사자도 지속적인 충원을 통해 코로나 이전인 2019년 12월 대비 89% 수준으로 회복됐다.

각 항공사들은 이처럼 늘어나는 항공수요에 반가워만 할 게 아니라 이용객 안전에 더 각별한 신경을 기울여야 할 것이다. 당국의 엄격한 관리와 점검도 필수적이다.

5월 26일 제주-대구 노선을 운항하는 비행기가 착륙 접근 중 700

피트 상공에서 비상구 도어 열림 사고가 발생해 당시 비행기에 타고 있던 승객들은 아찔한 순간을 겪어야 했다. 항공보안법 제23조에는 '승객은 항공기 내에서 출입문, 탈출구, 기기의 조작을 하여서는 안되며, 이를 위반하여 조작한 사람은 10년 이하의 징역'에 처한다고 되어 있다. 당국은 항공안전 감독관을 현장에 급파하여 경위를 조사하는 한편, 호흡곤란 증세를 보인 승객 12명을 병원으로 긴급 후송하고 긴급 안전회의를 소집했다. 지난 2018년 이후 올해 4월까지 기내 불법행위는 총 292건으로 집계됐는데, 항공수요 급증으로 기내 불법행위 증가 조짐이 보여 우려를 낳고 있다. 주요 불법 행위는 폭언 등 소란(161건), 음주 후 위해행위, 폭행 및 협박 등인데, 각 항공사는 항공보안법 제23조에 따라 '안전운항을 위한 협조의무'를 다하지 않은 승객에 대해 탑승을 거절하는 제도를 운용 중이다. 이번 사고를 계기로 각 항공사측의 각별한 대처가 한층 요구되는 가운데, 전문가들은 비상시에 승객들이 쉽게 탈출할 수 있어야 하기 때문에 문을 열기 어렵게 잠금장치를 강화하는 것보다는 승무원들의 관리 강화와 능숙한 대처가 필요하다고 조언했다. 오랜 코로나19 팬데믹을 극복하고 일상으로 회복하는 과정에서 크고 작은 부작용이 생길 것이라는 것은 이미 예상됐다. 반전의 관문을 순조롭게 열어젖히기 위해서는 더 세심한 주의와 손길이 필요하다.

때론 시련이 나를 더 단단하게 만든다.
사진은 지난 2022년 지방선거 당시 남양주시장 선거에 나선 모습.

교통은 [대참사를 품고 있는 양날의 칼] 이다
인도의 대형 열차사고, 타산지석으로 삼아야

인도에서 열차 사고로 인한 대형 인명피해가 발생해 안타까움을 던져주고 있는 가운데, 우리도 타산지석의 사례로 삼아 경계해야 할 필요성이 제기되고 있다.

지난 6월 2일 인도 동북부 살리먀르에서 남부 첸나이를 향해 달리던 여객열차가 신호 오류로 다른 철로로 진입해 약 127킬로미터를 운행하다가 정차중인 화물열차와 충돌하고 충격으로 인해 탈선된 열차가 인접선로를 운행중인 여객열차와 재충돌, 288명이 사망하고 천여 명 이상이 부상당하는 참사가 빚어졌다. 이번 사고는 지난 1995년 뉴델리 인근에서 열차 두 대가 충돌해 358명이 숨진 열차 사고 이후 최악의 사고로 꼽히고 있다. 외신에 따르면 사고 원인은 영국 식민지 시대에 조성된 철도 시스템이 제대로 정비되지 않은 탓으로 밝혀졌다. 철로 신호가 제대로 표시되지 않아 여객열차가 주 선로가 아닌 화물 선로로 진입해 충돌이 일어난 것이다. 인도는 세계에서 가장 복잡하고 거대한 철도 시스템을 운영 중인 것으로 알려졌는데, 철도 총연장 길이만 약 4만 마일(약 6만 4천 킬로미터)에 달하고, 1만4천여 대의 여객열차를 보유하고 있으며 기차역 8천 개, 일일 열차 이용객 약 1,300만 명의 그야말로 '철도 대국'인 셈이다. 하지만 엄청난 규모에 비해 안전을 담보하는 철도 인프라는 낙후되어 언제든지 사고 위험성에 노출되어 있다. 단적인 예로 인도 철도노선의 약 98%가 영국의 식민지 기간인 지난 1870년대부터 1930년대에 만들어진 것이다. 인도는 최근 노후한 철도 시스템의 현대화 과정을 추진 중인데, 수십 년 간 방치됐던 철도망 현대화에 박차를 가하고 있지만 여전히 위험한 철도망의 오명에서 벗어나지 못하고 있다. 올해만 신규 열차 도입에 약 2조4천억 루피(약 38조 원)의 예산이 투입됐으나, 위험 요소가 곳곳에 산재해 있는 상황이다. 이번 참사 노선도 인도에서 가장 오래됐고 인도 국내의 석탄 및 석유 운송을 도맡다시피 할 정도로 가장 붐비는 노선이다. 2017년에서 2021년까지 5년간 열차 관련 사고 사망자만 10만 명 이상으로 알려졌고, 총 2,017건의 철도 사고 중에서 탈선이 약 69%를 차지할 정도로 노후된 철도 인프라가 문제점으로 지적돼왔다.

'행동하지 않는 양심'이 되지 않기 위해 때론 거리에서 피켓을 들기도 한다.

이번 사고에 대해 우리나라 대통령을 비롯해 주요국 정상들이 애도의 뜻을 전한 가운데, 낙후된 인도 철도망의 대형 참사로만 치부할 것이 아니라 우리를 되돌아보는 계기로 삼아야 할 것이라는 지적이 설득력을 얻고 있다. 철도 관련 전문가들은 우리의 경우, 이

같은 선로 신호 오류로 인한 충돌사례 가능성은 매우 낮은 것으로 평가하면서도 만약의 경우를 대비한 안전 점검에 만전을 기울여야 한다고 지적한다. 지난 김영삼 정부 무렵 '부산 구포역 열차 참사'가 악몽처럼 새겨져 있는 우리 국민들로서는 인도의 열차사고 참사가 남의 일로만 받아들여지지 않을 것이기 때문이다.

지난 1993년 3월 28일 17시 29분 부산직할시 북구 덕천동 경부선 구포역에서 북쪽으로 약 900m 떨어진 지점에서 서울발 부산행 제117호[3] 무궁화호 열차가 탈선 및 전복하여 78명이 사망하고 198명이 부상(중상 54명, 경상 144명)한 대참사는 당시 우리 국민들에게 큰 충격을 던져준 대형 열차 사고로 기억된다. 이뿐만 아니다. 2014년 7월 태백선 문곡역에서 교행 예정인 중부내륙순환열차가 정지 신호를 무시하고 진입하던 무궁화호와 정면 충돌한 사례, 지난 2020년 4호선 지하철 상계역에 접근하던 열차가 신호장치 오류로 정차하지 않고 주행해 정차중인 열차와 충돌한 사례 등 비교적 최근에 일어난 사례도 이같은 우려의 배경에 자리하고 있다.

어느 자리에서든지 경청하는 자세는 소통의 가장 큰 원칙이다.

이외에도 대전-김천 구미역 열차 궤도 이탈, 대전 조차장역 궤도이탈, 오봉역 사망사고, 영등포역 무궁화호 탈선사고 등 기억날만한 사례도 적지 않고, 해마다 수십 건의 사고가 발생하고 있으니 다시 한번 경각심을 일깨울 일이다. 항공과 철도 등 대량 수요의 교통 인프라는 언제든지 대참사로 뒤바뀔 수 있는 양날의 칼이다.

교통은 [상생의 공공재] 다
수도권 주민들의 빠른 발, 광역철도망 GTX

수도권에 지역구를 두고 있는 정치인이라면 GTX라는 단어가 익숙하다. 자신의 지역구에 GTX 노선을 통과시키기 위해, 혹은 정차역을 유치하기 위해 전력을 기울여본 경험이 있기 때문이다. 그만큼 수도권 주민들에게 GTX는 꿈의 광역철도망으로 불리며 행복한 출퇴근을 보장하는 동시에 지역 발전 희망의 원천으로까지 받아들여지고 있다. 정책 현장 경험을 바탕으로 GTX에 대한 정보를 정리해 본다.

개념부터 간략하게 정리해보면, GTX는 Great Train Express의 첫 글자 이니셜을 딴 용어로 수도권 외곽에서 서울 도심의 주요 거점을 연결하는 광역급행철도를 말한다. 수도권 광역급행철도라고도 불린다.

사업의 연원을 따져보면 지난 2009년 제5회 지방선거에서 당선된 김문수 경기지사 시절까지 거슬러 올라간다. 당시 김 지사는 선거공약이었던 GTX를 당선 후 본격 추진해 사업구상을 내놓았는데, 박근혜 정부의 국정과제에 포함해 경기도 지역구 국회의원들이 국가 예산에 반영하여 사업의 물꼬를 잡았다. 당시 GTX의 롤 모델이 된 해외사례는 프랑스의 RER, 영국의 크로스레일, 일본의 츠쿠바 익스프레스 등이다. 영국의 크로스레일1의 경우 지난 2009년 착공해 2019년 12월 크로스레일1이 개통돼 외곽에서 도심으로 이어지는 교통난을 해결한 사례로 꼽히고 있다. 당시 GTX 추진을 둘러싸고 노선이 지나가는 지역만 발전하고 배후지역은 베드타운으로 전락한다는 '도심공동화론' 주장 측과 경기 북부의 경우 거주민이 늘어난다는 반론 측이 팽팽한 기싸움을 벌이다 결국 추진 쪽으로 가닥을 잡았다. 서울 외곽에 들어선 신도시 주민들의 교통난이 지속되고 기존의 철도 노선은 모든 역에 서고 빙빙 돌아가는 답답한 상황을 해결하려는 것이 GTX 추진 배경이었다.

이미 예비타당성 절차를 통과하여 확정된 노선은 내년 3월 개통 예정인 A노선(2014년 예타 통과)과 착공을 앞두고 있는 B(2018년 예타 통과), C(2019년 예타 통과)의 3개 노선이다. A노선(경기 파주

운정~ 경기 화성 동탄)과 B노선(경기 남양주 마석 ~ 인천 송도), C 노선(경기 양주 덕정 ~ 경기 수원) 외에 지난 대선 공약에 따라 추진 중인 서부권 광역급행철도 D노선(잠정 경기 김포 ~ 경기 부천)은 현재 연구 용역 중이다. 역시 대선 공약으로 추진되는 E노선은 수도권

북부를 동서로 연결하는 노선으로 인천(검암, 계양)~서울~경기 구리 ~경기 남양주 노선으로 연구 용역 중이다. 같은 대선 공약에 따라 추진 중인 F노선은 경기 순환노선으로 고양~서울~시흥~산산~화성~ 수원~용인~성남~하남~남양주~의정부~양주~고양 노선으로 검토되고 있다. 각 노선당 건설비용은 A, B는 5조~6조 원, C는 4.4조 원, D 는 2.2조 원이 각각 소요될 예정이다.

GTX D,E,F는 기본 구상과 함께 최적의 노선을 연구 용역 중에 있다. GTX의 장점은 정차역이 단촐하고 무엇보다 빠른 속도로 요약된다. 지하 40m 이하에 터널을 건설하여 노선을 직선화함으로써 표정속도 (정차시간을 감안한 평균속도) 시속 100㎞, 최고 시속 200㎞로 운행 하게 되어 기존의 전철보다 3배 이상 빠른 것이 특징이다. 계획대로 GTX가 완공되면 GTX는 수도권 주민들의 행복한 출퇴근길을 보장 하게 된다. 우리나라 직장인의 평균 출퇴근 시간은 2020년 기준 30.8 분이고 수도권의 경우는 2021년 기준 평균 53분이다. 도로망, 전철 망이 집중적으로 배치된 수도권 주민들이 출퇴근 시간에 더 많은 시 간을 소요하고 있는 셈이다. 서울 시내를 통과하는 도시철도들은 대부분 서울의 도시철도 기능으로 건설된 노선들이었기 때문에 서울 시계 밖으로 연장될 것까지는 고려하지 않아 급행 운영을 대비하지 않았던 것이 현실이었다. 그래서 대안으로 등장한 것이 광역 급행철도인 GTX이다. GTX가 모두 개통되면 낙후된 서울 외곽도시의 발전을 꾀할 수 있을 뿐 아니라, 인구 분산과 교통 혼잡을 해결하는 효과까지 기대된다. 이처럼 GTX는 분명히 수도권 주민들의 출퇴근을 편리하게 만들 국책사업이지만, 아쉬운 점은 정치권의 이해관계에 따라 사업 계획이 자꾸 틀어지고 휘어지는 것이다. 사업의 원래 취지처럼 수도권 전체의 이익을 조망하는 거시적 시야를 갖춰야 상생이 가능한 공공재 완성이 보장된다.

교통은 [반칙을 근절하는 정책 현장] 이다
서민 울리는 택배차 강매 사기

취업을 미끼로 택배차 강매 사기 행위가 기승을 부리고 있어 고강도 대책이 요구되고 있다. 화물 운송 자격증 소지자인 신모(24세) 씨는 제대한 뒤 일자리를 알아보던 중 구직 사이트에서 '월 500만 원 수익을 보장한다'는 택배기사 모집 광고를 보고 면접을 봤다. 이 회사는 차를 사야 택배 일을 할 수 있다면서 신 씨 명의로 캐피털 업체에서 높은 이자 자동차 담보 대출을 받고 중고 포터 탑차를 구매하도록 했다. 알고 보니 중고 택배차는 이미 10만km 가까이 달린 터라 시세가 1천 300만 원에 불과했는데, 신 씨에게는 이보다 훨씬 비싼 2천 180만 원으로 부풀려 팔았다. 계약 해지를 요구하자 회사는 위약금 600만 원을 내놓으라고 요구했고, 신 씨는 택배 일은 시작도 해보지 못한 채

다달이 56만 원을 갚고 있다. 20대 이모 씨 역시 고수익 택배 일로 월 200만 원을 보장한다는 광고를 보고 찾아갔다가 비슷한 일을 당했다. 계약서를 쓴 지 1시간 만에 2천 3백만 원 가량의 자동차 담보 대출이 된 걸 알고 계약 해지를 요구했으나, 업체는 연락을 끊었다.

서민들 울리는 교통 관련 범죄는 근절되어야 한다. 대안을 찾는 좋은 방법 중 첫번째는 소통이다.

유명 인터넷 구직광고 사이트에 올라간 광고 내용,
"현재도 일 매출 30만 원 / 차량 임대 가능 / 주 5일, 월급 5백만 원 보장, 시용 무관 임대차로 시작하세요, 회사 차 구입 시 할부 지원

받으세요." 이러한 광고 내용에서 회사 차 구입 시 할부 지원이란 고금리 캐피탈을 이용하는 것을 의미한다. 최근 국토부는 유명 택배업체 취업, 고수익 보장 등을 미끼로 시세보다 높게 택배차를 강매하는 사기 행위를 근절하기 위해 대책 마련에 들어갔다. 사회 초년생, 또는 구직자를 대상으로 지난 수 년간 꾸준히 발생하는 악질 민생 사기 때문이다. 사기 피해자들은 이러한 광고 내용에 속아 찾아갔다가 일을 시작하기도 전에 2천만 원이 넘는 빚부터 떠안아야 했다. 차량 강매 후에는 피해자들에게 장기간 일자리 알선을 미루거나, 수입이 낮고 배송이 힘든 지역을 알선하는 수법을 사용해 왔다. 주로 취업이 어려운 청년들이 주요 타깃이었으며 관련 피해자 모임인 택배 지입차 사기 피해자 카페 회원만 3백여 명에 달했다. 국토부는 피해 사례를 공지하고 사기업체 구인광고 차단, 피해 신고센터 운영 등 관련 대책을 추진하고, 취업 알선 대안으로 2023년 7월부터 온라인 택배기사 구인전용 플랫폼을 구축하여 운영할 계획이다. 이런 사기 행위는 최근에 자주 발생하고 있지만, 과거에도 유사 사례가 발생해 문제가 된 적이 있었다. 방송을 위해 자료조사를 하다 보니 2년 전에도 비슷한 사건으로 법률구조공단과 상담한 내용이 있었다. 대구에 거주하는 피상담자의 어머니는 부산의 한 택배 회사에 취업하기 위해 면접을 갔다가 비슷한 경험을 치렀다. 택배 업무에 화물차가 필요하다며 택배 화물차 구매 계약을 강요하였고, 취업을 볼모 삼아 중고 화물차를 시세보다 과다하게 비싼 금액에 구매토록 했다. 하루가 지나지 않아 피해자는 화물차 계약을 취소하고 싶다고 회사에 연락하였지만 계약서상 이유로 취소가 되지 않는다는 답변을 듣고 울며 겨자먹기로 택배업을 시작할 수밖에 없었다는 것이다. 유사 행위가 잇따르자 정부에서는 사기 예방을 위해 구인플랫폼 관리 기능을 강화하는 한편, 물류신고센터를 활용한 피해 예방 상담을 실시하고, 사기 위험이 없는 '택배기사 구인 전용 플랫폼'을 구축하여 운영키로 했다. 또 주요 구직 채널을 중심으로 피해 사례를 적극 전파함으로써 피해를 방지할 계획이다. 교통 관련 정책을 설계하고 집행하는 국토교통부는 교통 관련 업종 종사자들이 안심하고 생업에 종사할 수 있도록 다각적인 돌봄 행정을 펼쳐야 한다. 시스템을 만들고 인프라만 구축한다고 정책이 저절로 돌아가는 것이 아니기 때문이다.

교통은 [묘안을 짜내는 선의의 중재자] 다
택배 종사자 노동 환경 VS 입주자 안전

교통 정책은 단순히 도로상에서 벌어지는 일만을 떠올리기 쉽지만, 실제로는 우리 생활 주변에서 빈번하게 벌어지는 이해충돌의 문제를 다루는 일도 적지 않다. 그래서 행정의 역할은 중재와 조정의 영역으로까지 확대되어야 하는 것이다. 현장의 문제를 제대로 이해하고 다툼과 갈등의 원인을 찾아서 원만한 조정에 이르기까지 지루한 과정을 거치는 동안 인내심을 발휘해야 하는 것은 물론이고, 때로 쌍방을 만족시키지 못해 덤터기를 써도 비난을 감수할 수밖에 없는 처지에 몰릴 수도 있다.

2018년 다산 신도시에서 일어난 '택배 대란'은 민생 현장의 이해충돌

원인이 얼마나 복잡 미묘한 지 제대로 보여주는 사례다. 당시 주민들은

단지 내 도로의 어린이 안전 문제로 입주 이전부터 택배사에 지상

교통은 주민 불편을 해소하는 방향으로 개선되어야 한다.
사진은 지방선거 당시 남양주시장 선거에서 주민들과 함께.

통행이 어려우니 저상차를 투입해야 한다고 공지했다. 이후 저상차로

미처 차량 변경을 못한 택배사들에게서 문제가 불거지기 시작했다.

지하 주차장 통과가 어렵다 보니, 택배기사들이 아파트 입구에 택배를

내려놓고 땀을 뻘뻘 흘리며 손수레로 각 가정에 배달하는 일이

벌어졌다. 당시 언론에서는 주민들의 택배기사 상대 갑질 논란에

초점을 맞추고 대대적인 보도를 내보냈는데, 결국 국토부가 2019년부터 지하 주차장 기준 2.7미터로 기준을 개정하기에 이르렀다. 배경을 알아보니 주민들도 일방적으로 매도당하기에는 억울한 측면이 많았다. 사전에 아파트 내 상황을 택배사에 알려줘 미리 대책을 세우라고 말미를 줬다는 것이다. 택배사들이 저상차 개조 비용 등의 문제로 대책을 세우지 못하다가 갈등이 빚어져 문제의 사건이 발생했고 언론 보도 이후 주민 대표와 택배사, 정부가 오랜 시간 대화하고 타협해 결국 잘 마무리되었다고 한다. 이 사례는 입주민 안전과 택배기사의 노동 강도가 대립해 충돌한 것이지만, 어느 일방의 윤리 기준과 잘잘못을 따지기보다 근원적 해소에 주력한 점이 주목된다. 주민 입장에서는 택배 차량들이 수시로 단지 내 도로를 지나다니게 되면 어린이가 많은 신도시 특성상 안전이 위협받는다고 생각할 수 있었다. 그래서 대안으로 하역장소로 지하 주차장을 제시했는데, 택배 차량 높이는 2.7미터인데 비해 지하 주차장 통과 높이는 2.3미터에 불과하다. 아파트 주민 측에서 사전에 공지를 했다고 하더라도 차량 변경을 하려면 많은 비용이 들어가기 때문에 택배사들로서도 쉽게 대처할 수 없는 문제인 것이다. 결국 국토부는 2019년도부터 새로 짓는 아파트의 경우 지하 주차장 출입구 높이를 2.7미터로 하도록 기준 자체를 변경해, 주무 부처로서 할 수 있는 '중재 행정'의 노력을 다했다. 국토부가 다른 곳에서의 재발 방지를 위해 순발력 있게 기준을 변경한 것은 기민한 자세였다고 평가된다. 이러한 중재의 결과가 모두 만족스럽게 받아들여진 것은 아니라고 하더라도 행정은 결코 '만능의 손'이 아니니 최선을 다한 것에 위안을 삼아야 한다. 또 주민과 택배사들 사이에 대화의 물꼬를 트고 중재를 시도하며 현장 행정의 기본을 다한 것도 긍정적이다. 경청의 태도는 때와 장소를 가리지 않고 불화의 강도를 낮추는 만병통치약이다. 내 이야기를 진지하게 들어주는 사람과 대화하다 보면 저절로 화가 가라앉는 마법을 누구나 한 번쯤 경험해봤을 것이다. 각종 민원이 속출하고 피해자 불만이 극에 달해도 규정을 들먹이며 움직이려고 하지 않는 복지부동의 자세가 공직 사회를 욕먹이는 것이다. 여건이 충분치 않아도 각자의 자리에서 할 일을 다하고 현장에서 실천하는 행정의 기본을 되새겨볼 대목이다.

교통은 [그늘진 곳을 비추는 가로등] 이다
디지털 전성시대의 소외계층 돌봄

내 손 안의 스마트폰으로 간단하게 고속버스와 KTX를 예매하고 항공권을 구입하는 시대, 신중하게 가격을 비교하며 차종을 고르는 자동차 렌탈 계약, 여행지의 대중교통 시간 확인은 물론, 버스나 지하철 등 도착 시간 알리미까지, 그야말로 편리한 디지털 문명의 전성시대다. 특히 코로나19 방역지침으로 거리 두고 마스크 쓰고 멀찍이 떨어져 지내면서도 생활은 해야 했던 비대면 시절의 경험은 현대 ICT 디지털 기술을 극한으로 발전시킨 촉매가 되기에 충분했다. 이제 스마트폰 앱, 큐알코드, 키오스크 터치 스크린 등 각종 디지털 인증만으로 안되는 것이 없는 세상에 살고 있다. 하지만 디지털 전성시대에도 불편함을 호소하는 소외계층은 어김없이 존재한다.

대표적인 사례가 디지털 기기 사용에 익숙하지 못한 어르신들이다.

실제로 고속터미널이나 KTX 터미널에 가보면 창구에서 표를 구입하는 사람들의 상당수는 중장년 이상 혹은 노년층이다. 승차 시간이 많이 남아있는 데도 불구하고 미리 대기석에 앉아있는 사람들도 어르신들이 대부분이다. 젊은 사람들은 스마트폰 앱이나 인터넷으로 미리 표를 구입하고 시간에 맞춰 나오기 때문이다. 이처럼 최근 수년 간 디지털화가 급속하게 진행된 현대 사회에서, 세대간의 정보기술 격차는 심각한 수준이다. 실제 조사에서도 이같은 우려는 현실로 드러났다. 2020년 3월부터 11월까지 65세 이상 노인층 인구 1만 명을 대상으로 조사한 결과, 스마트폰을 보유한 노인 인구는 56.4%에 불과했다. 스마트폰 단말기 보급 초기인 지난 2011년의 0.4%과 비교하면 대폭 증가했지만, 여전히 디지털 시대를 살아가기엔 부족한 수치로 분석된다. 문자 확인이 가능한 수준은 81%로 나타났지만, 예매 불편을 느낀 비율은 60.4%로 아직 온라인 기기에 적응하기에는 부족한 상황으로 판단된다. 온라인 쇼핑이 가능한 인구는 9.4%에 그쳤다. 무인발권기, 버스카드, 앱을 사용한 택시 호출, 매장의 키오스크 주문, 온라인 뱅킹, 배달 앱 사용 등 각종 디지털 활용으로 범위를 넓히면 정보기술 격차는 더 벌어진다. 특히 코로나 발생 이후 지난해까지 오프라인 은행 점포 909곳이 사라졌고, 은행 오프라인 창구도 점점 축소되는 등 비대면 금융이 가속화되는 추세를 감안하면 70대 이상의 노인 인구들에게는 점포 폐쇄가 금융 소외 현상으로까지 받아들여질 수 있다.

노인 인구의 디지털 소외는 사회적인 차별의 일종이기 때문에 시급한 개선이 필요하다.
경로당을 찾아 애로사항을 들었던 하루.

실제 한국은행의 모바일 금융서비스 이용 행태 조사결과에서, 70대 이상이 가장 선호하는 접근 방식은 '현금자동입출금기'로 무려 95.3%에 달했고, 조사 시점에서 1개월 내 모바일금융 서비스를 이용한 비율에서 70대 이상은 15.4%에 불과했다. 이같은 현상은 비단 국내뿐만 아니라 미국, 영국 등 30% 가까이 점포수를 줄인 선진국을 중심으로 파급되며 거스를 수 없는 전 세계적 트렌드로 나타나고 있다. 따라서 노인 인구에게 익숙한 오프라인 방식을 유지하기보다는 정보기술 격차를 줄이기 위한 보급 교육 등의 새로운 대책이 필요해 보인다. 미국, 호주 등 국토가 넓은 국가에서는 이미 금융 사각지대가 상당수 발생하고 있는 상황이다. 모바일 뱅킹뿐만 아니라 병원 등 의료기관을 이용할 때에도 디지털 격차 현상은 큰 불편을 초래한다. 코로나19 기간 동안 각 대형 병원들은 진료 예약 시, 모바일 예약 시스템을 구축해 적극 활용하고 있으며, 가족 등 동반자 출입 등에서 사전 승인을 받도록 하고 있어 노인 인구들은 진료 예약 시 남의 손을 빌릴 수밖에 없는 불편을 겪고 있다. 일부 지자체별로 병원이나 극장, 금융 등 생활에서 필수적인 스마트폰 앱 활용법을 가르쳐 주는 등 정보격차 해소방안 등이 시도되고 있지만, 하루가 다르게 바뀌는 디지털 기술의 발전 속도를 따라잡으려면 무엇보다 지속적인 실천 유지가 중요하다. 서울시가 운영하는 대여 자전거 '따릉이' 역시 스마트폰으로 신청하지 않으면 이용이 어렵다는 점에서 개선이 필요하다는 지적이다. 어르신이 따릉이를 이용하려면 앱으로 신청하는 방법을 배우거나 다른 사람의 도움을 빌려야 한다. 정보기술 전문지식 부족으로 보이스피싱 범죄에 노출된 노인 인구 보호도 시급한 사안 중 하나다. 각종 사례를 전파하고 적절한 대처 방식을 교육하는 조치로 어르신 돌봄에 최선을 다해야 한다. 전 인구가 문자 해득이 가능한 문화 선진국의 자부심을 디지털 자부심으로 이어가려면 범정부적인 노력이 더 필요해 보인다.

교통은 [효율성을 뛰어넘는 인프라 복지] 다
인구소멸 앞당기는 교통 장애

무려 2년여에 걸친 코로나19 방역 기간은 우리에게 정치, 사회, 경제, 문화 등 다양한 분야에서 변화를 가져온 변곡점이었다. 편견과 오해를 깨뜨리고 고정관념의 틀을 부순 긍정의 효과도 적지 않았다. 비대면으로도 얼마든지 업무를 처리하고, 재택 근무로도 효율적인 근로가 가능한 점을 확인했다. 키오스크 시스템의 터치 스크린으로 하는 매장 주문이 늘어났고, 사전 예약 문화가 정착됐다. 배달 앱이 상용화되고 편리하고 빠른 일일 배송 시스템은 한국인의 자랑이었다. 각종 행사 문화의 패턴도 바뀌었다. 결혼식에 반드시 참석하는 것보다 문자나 메신저로 축하 인사를 전하는가 하면, 청첩장을 직접 전달하는 번거로운 절차를 생략해도 눈치 볼 필요가 없어졌다. 장례식장 규정을 준수하느라 상가집에 문상가면 밤을 새는 문화도 대개 사라졌고, 이제는 유족 배려라는 이름으로 오히려 권장하는 추세가 됐다. 편리한 기술 진보도 있었지만 정보 격차로 인한 소외계층도 생겼다. 모바일 뱅킹, 인터넷 뱅킹을 할 줄 모르면 원시인 취급을 받아야 했다. 오프라인 점포가 점차 폐지되면서 금융소외 우려마저 낳던 마당에 모바일로 처리하는 금융, 의료, 공공 서비스가 늘어나면서 불편을 호소하는 중장년, 노인 인구의 민원이 늘어나기 시작했다. 비대면 시대의 그늘진 모습이었다.

코로나19 시대가 낳은 비대면 활성화로 그늘진 곳이 생겨나기 시작했다. 전통시장에서 장을 본 저녁 무렵.

정보 격차 못지 않게 비대면 세상의 지역 소외도 두드러졌다. 코로나 이전에도 사람들의 왕래가 뜸했던 지역의 경우 해당 주민들의 통행 용도 외에는 버스 이용수요가 대폭 줄었다. 가뜩이나 적자 노선으로 눈총을 받던 일부 노선의 경우 아예 운영 자체가 폐지되는 일도 벌어졌다. 당장 주민들의 불편은 이만저만이 아니다. 코로나 시국에 노선이 일시 폐지되었다가 복원되지 않는 경우도 있었다. 지역 주민들의 민원이 쏟아졌지만 버스 회사는 적자운영 탓을 하며 노선 복원을 차일피일 미루기만 해 원성을 피할 수 없었다. 2021년 한 언론의 지면에는 이를 지적하는 기사 하나가 실렸다.

"코로나19가 한창 기승을 부리던 2020년 춘천시외버스터미널은 대전, 대구, 광주광역시 등 일부 노선 운행을 중지했다. 팬데믹으로 인한 이동인구 감소와 질병 확산 방지가 이유였다. 문제는 방역이 해제된 시점에서도 노선 복원이 이뤄지지 않는 점이다. 사회적 거리두기가 해제되는 등 코로나19 유행이 줄어들자 업체들은 중단됐던 노선의 운행을 점차 재개했다. 하지만 일부 노선은 축소 운행하거나 여전히 중단상태다. 2020년부터 중단됐던 경기도 이천행 시외버스는 올해부터 다시 운행을 시작했다. 그러나 노선이 줄어들었다. 1일 4회씩 일주일에 총 28회 운행하던 이 노선은 재개 후 주6회(1일 2회씩 주 3일)로 변경됐다. 좀처럼 정상화되지 않는 시외버스 노선에 이용객들의 불만도 커졌다. 강원도 태백과 전라도 전주, 광주, 순천 등으로 다니던 버스들은 여전히 멈춰있다. 일부 이용객들은 터미널 게시판에 "직행버스를 운행하지 않아 서울을 거쳐 돌아가고 있으니 재운행을 해달라"며 호소하기도 했다. 이를 지켜보는 운송업계도 답답하긴 마찬가지다. 해당 노선들은 이전부터 승객이 적어 수익이 일정치 않았는데 코로나19까지 발생했고 아직도 수요가 늘어날 기미가 보이지 않는 탓이다. 찾는 승객이 많고 수익이 생기면 노선을 만들지 말라고 해도 만들겠지만, 아직은 시기상조라는 입장이다. 업체의 주장처럼 지난 몇 년간 춘천을 비롯한 강원 전역에 이어진 시외버스 이용객 감소가 노선에 영향을 준 것으로 풀이된다. 강원도에 따르면 2019년 연간 1,200만 명 수준이던 이용객 숫자가 지난 해 700만 명으로 절반 가까이 수요가 줄었다.

지금은 당시보다 사정이 훨씬 나아졌겠지만 일부 낙후지역이나 격오지 주민의 경우에는 과거의 일로만 치부해버릴 수가 없는 측면이 있다. 코로나19 같은 특수한 촉매를 만나면 언제든지 재발할 수 있는 소지가 있는 것이다. 자동차를 갖고 있지 않은 사람은 우리 동네로 왕래하는 대중교통 시스템이 없다는 것처럼 막막한 노릇이 없다. 이런 점에서 뉴욕타임스에까지 소개되어 대중교통의 혁명이라는 찬사를 들었던 충남 서천군 '100원 택시' 사례를 살펴볼 필요가 있다. 버스 정류장에서 700미터 이상 떨어진 마을에서는 누구나 100원만 내면 집에서 버스 정류장까지 운행하는 택시 이용이 가능한 시스템이다. 100원 택시 도입 이후 주민들의 외출은 예상보다 2배 이상 늘었다고 전해진다. 운행에 따른 적자는 지자체가 지불하는 방식이다. 교통은 시장 논리에 따라 존폐가 결정되는 다른 업종과 다른 시각으로 바라보아야 복지행정으로 승화될 수 있다. 100원 택시처럼 "오래 고민해야 예쁜 정책이 나온다. 교통이 특히 그렇다."

교통은 [생업을 가능케 하는 안전판] 이다
이륜차 공제조합에 거는 기대

코로나19 팬데믹 기간 동안 가장 눈에 띈 성장세를 보인 업종 중 하나가 배달 앱이다. 온라인 음식 서비스 매출은 2018년 5조 2천억 원에서 2021년 25조 7천억 원으로 늘어 3년 동안 무려 5배에 달하는 성장세를 기록했다. 과거 매장들이 직접 '배달원'을 고용하던 시절만 하더라도 배달 전문 중국요리나 피자, 치킨 등 집에서 간편하게 시켜 먹을 수 있는 메뉴가 제한적이었다. 하지만 이제는 한식, 중식, 일식, 양식 등 식사는 물론, 떡볶이나 순대 같은 분식집의 간식, 심지어 프랜차이즈 커피까지 상상할 수 있는 모든 먹거리를 배달해 준다. 배달료를 따로 받으니 매장에서도 음식값을 깎아준다는 인식이 없어졌고, 일부 부지런을 떠는 배달 노동자의 경우 '고수익 라이더'

라며 부러움의 대상으로 떠오르기도 했다. 배달 앱의 성장 이면에는 오토바이 등 이륜차 라이더들의 활약이 있었고, 배달 전문 대행업체가 등장해 일거리를 잡으려는 '그들만의 플랫폼'을 적극 활용하고 있다. 과거 퀵서비스로 불렸던 주로 오피스용 물건 전달 라이더들도 배달 앱의 등장은 추가 수익을 창출할 수 있는 희소식이나 다름없었다. 많은 라이더들이 더 많은 수익을 올리기 위해 무리하게 배달 의뢰를 받아들였고 그 결과는 좋지 못했다.

2021년 말 기준 이륜차 등록대수는 221만 대, 승용차와 이륜차를 합친 등록대수(2,712만 대)의 8.2%를 차지한다. 사고건수 비중은 총 18만건 중 13,375건으로 9.5%를 차지해 등록대수 비중보다 상회하는 수치를 보였다. 이륜차의 구조적인 특성상 자동차와 비교해 사고율이 1.2배나 높고, 사고 발생 시 큰 피해(사망률 2.7배 / 중상률 1.3배)로 이어질 가능성도 크다. 하지만 이륜차 운전자의 의무보험 가입률은 심각하게 낮은 편에 속한다. 개인용이나 업무용 자동차보험 가입률이 96.4%인데 비해 이륜차 보험 대인배상1의 가입률은 51.8%

로 절반에 불과하다. 상대적으로 높은 보험료 때문이다. 금감원이 발표한 이륜차 보험 산정체계 개선방안에 따르면 가정용 이륜차 평균 보험료는 22만 원 수준이며 배달 목적 등 유상 운송용은 224만 원에 달한다. 이처럼 보험 가입이 제대로 이뤄지지 않은 가운데 거리를 달리는 이륜차 사고 사상자 수는 날로 늘어가고 있다. 이륜차 사고 사상자수는 2018년 19,031 명, 2019년 24,006 명, 2020년 24,112 명, 2021년 24,243 명으로 꾸준히 늘어나다가, 코로나 이후 비대면 시대가 시작되자 배달주문 수요가 폭증한 바람을 타고 비약적으로 증가했다. 특히 사망자수는 2020년 397명, 2021년 459명, 2022 년 484명으로 늘어서 하루에 약 1.4명 꼴의 사망자 수가 발생하고 있다. 이륜차의 경우 무인 단속장비로 단속이 안돼 다른 차종에 비해 신호위반 비율도 높다. 자연히 주행 안전성이 떨어져 공작물과 충돌할 경우 전도할 위험이 높아서 차량 단독 사고로 인한 사망자 비율만도 42.1%에 달한다. 사망자 비율이 늘어난 이유는 고수익을 위한 무리한 운행 때문이다. 하지만 실제로 고수익에 대한 환상은 생각보다 허술하다. 공공운수노조 라이더유니온지부의 기고문에 따르면 배달만으로 연봉 1억 원의 수익을 올리려면 라이더가 하루 40만 원의 매출을 올려야 한다. 한여름 폭우에도 플랫폼 업체들이 건당 1만 원 이상의 프로모션을 뿌려대고 12시간 이상을 교통법규마저 무시하며 달려야 가능한 금액이라는 것이다. 만약 날씨가 괜찮으면 플랫폼 업체들은 배달료를 2,500원으로 낮추는데, 하루 24시간을 쉬지 않고 질주해도 40만 원을 찍는 것은 거의 불가능하다는 것이다. 실제 배달 노동자의 생계는 일부에서 잘못 알려진 것과 다르게 매우 불안정한 상황이고 무리한 의뢰 접수에 따른 건강 악화와 속도 경쟁에 내몰리게 될 수밖에 없다.

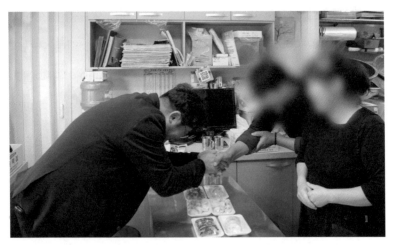

이웃들과의 만남은 삶의 큰 활력소이다. 전통시장에서 상인들과 함께

국토부 실태조사 결과를 보면, 고수익 라이더에 대한 환상이 얼마나 터무니없는 것인지 확연하게 알 수 있다. 조사에 따르면 배달 노동자는 월 평균 약 25.3일 일하는 것으로 나타났는데, 이는 주 6일 이상 근무하는 고강도 근로환경이다. 수익은 약 381만 원이지만 여기서 약 95만 원을 보험료나 렌탈료 등으로 지출하면 손에 쥐는 실급여는 286만 원으로 줄어든다. 만약 여기서 더 수익을 올리려면 1일 평균 12시간 일해야 하는 최악의 근로환경에 놓이게 된다. 또 근로기준법상 라이더들은 근로자가 아니라 개인사업자이므로 일반 노동자에 비해 2배에 달하는 건강보험료와 세금을 내야 한다. 법정 퇴직금도 없어 일을 그만두면 생계 보장이 어렵고 사고 발생 시 모든 부담은 배달 노동자 몫으로 돌아온다. 만약 보험 가입이 안되어 있다면 돈을 벌기는커녕 고스란히 빚만 남는 것이다. 하지만 이제 모든 이륜차들은 보험 가입을 미루는 것 자체가 불가능해졌다. 과거와 달리 법규가 강화돼 의무보험 가입 명령을 받은 후 1년이 지난 무보험 차량은 지자체에 의해 등록 말소가 가능하기 때문이다. 이같은 조치로 이륜차 보험시장의 판이 커져 주요 손해보험사들이 오토바이 전용 운전자보험을 출시함으로써, 보험 가입 장벽은 낮아졌지만 여전히 보험료 자체가 비싼 것은 배달 노동자들을 힘들게 하는 요인이다. 보험료가 비싼 이유는 배달 시간을 맞추고 보다 많은 오더를 받기 위해 운전자들이 무리한 운전을 하기 때문이다. 사고율이 높고 보험사 지불 비용이 커져 다시 비싼 보험료가 책정되는 악순환의 고리가 끊기지 않는다. 이같은 문제를 해결하기 위해 정부와 업계가 보험료 인하와 가입률 제고를 위한 특단의 대책을 내놓았다. 공제조합을 통해 보험료를 20% 가량 낮춤으로써 자연스럽게 보험 가입률을 끌어올리겠다는 계획이다. 국토교통부는 지난 2023년 6월 28일 서울 종로구 코리안리빌딩에서 '배달서비스 공제조합' 출범식을 열었다. 새로 출범한 공제조합은 앞으로 보험료를 낮춰 배달 노동자의 보험 가입률을 5년 안에 80%까지 끌어올리겠다는 계획이다. 국토부와 업계는 이를 위해 지난해 2월부터 공제조합 설립을 추진해 왔고, 우아한청년들과 쿠팡이츠서비스, 플라이앤컴퍼니, 로지올, 만나코퍼레이션, 부릉, 바로고, 슈퍼히어로, 스파이더크래프트 등 소화물 배송 대행 서비스 인증 사업자 9개 사가 공제조합에 자본금을 출자하는 방식으로 참여했다. 조합의 출범으로 배달 노동자의 생업이 안전하게 유지되기를 기대해본다.

서민들에게 교통은 가장 큰 생활 인프라이다. 남양주시 전통시장에서.

교통은 [민생의 심리적 저지선] 이다
대중교통 요금 인상의 후폭풍

대중교통 요금 인상에 대한 시민들의 생각이 편치 않다. 무슨 물가든지 오르는 것 자체가 반갑지야 않지만 전기 요금이나 교통 요금의 경우에는 인상 체감 효과가 유독 두드러지기 때문이다. 특히 교통 요금은 지자체들이 적자 보전을 위해 보조금을 지원해주는 상황이라, 한 군데에서 오르면 눈치 보고 있던 다른 지자체들이 금방 연쇄적으로 반응하기 마련이다. 교통 요금 인상을 기폭제로 삼아 전기나 수도 등 다른 공공 서비스 요금은 물론, 아파트 관리비 등도 오를 수 있는 상황이라 이를 지켜보는 사람들의 마음은 불안하기만 하다. 일부에서는 코로나 19 기간 동안 이용자가 줄어들면서 대중교통 서비스의 적자가 누적된 상황을 요금 인상으로 한꺼번에 돌파하려는 시도로까지 받아 들이고

노형욱 전 국토교통부 장관(왼쪽)과 함께.

있으니, 예상치 못한 시민의 반발이다.

시민의 불만과 상관없이 서울시 대중교통 요금 인상이 결정됐다. 서울시는 지난해 말 교통 요금 인상계획을 발표하고 올해 4월부터 버스와 지하철 요금 300원~400원 올릴 계획이었으나, 정부의 상반기 공공요금 인상 자제 요청에 따라 추진을 보류해왔다. 서울시는 장기간 요금 동결과 코로나로 인한 이용자 감소로 재정 한계에 도달해 요금 인상이 불가피하다는 입장이지만, 일자리와 물가 불안으로 민생이 불안정한 상황에서 30%에 육박하는 공공요금의 연이은 인상은 서민 살림을 더욱 어렵게 할 전망이다. 더구나 2021년 5월 감사원 감사결과 발표에 따르면 버스 회사들의 적자 누적 해명도 근거가 부족한 것으로 드러났다. 서울시는 2004년 7월 버스 준공영제를 시행한 뒤 해마다 2천억~3천억 원의 버스회사 운송 적자로 쌓인 2019년까지의 누적 적자분 총 4조 320억 원을 시 재정으로 지원했는데, 이 결과 버스회사들은 엄청난 이익잉여금을 보유하고 있다는 것이다. 또 경실련은 지하철 적자 해소를 위한 요금 인상 전에 비용구조를 점검해야 한다고 강조하며, 민자사업의 확대로 고비용 저효율이 초래된 것이라고 주장했다. 공기업의 방만한 경영에 대한 구조 개혁은 전혀 없이 시민들에게 비용부담을 전가시키려는 의도이며, 코로나로 인한 이용자 감소분을 요금 인상으로 해결할 경우 대중교통 활성화는 커녕 정상화를 위한 회복도 더뎌질 것이라고 강조했다.

요금 인상과 관련해 오세훈 서울시장은 서울시 대중교통 요금은 전 세계적으로 가장 낮은 수준을 유지하고 있으며, 지난해 기준 서울교통공사 적자는 1조 2,600억 원에 달했고 버스도 8,500억 원

적자가 예상된다고 밝혔다.

이같은 적자 원인에 대해 서울시는 노인 무임승차 비용은 국비 지원이 안되는 상황에 봉착해 있으며, 대중교통 노후 시설물 교체 등 지속적인 설비투자가 필요해 적자가 쌓일 수밖에 없는 상황이라고 설명했다. 서울시에 따르면 지난해 당기순손실 9,644억 원 중에서 2,784억 원이 무임승차로 인해 발생했다는 것인데, 지난해 노인 무임승차 비용에 대해 국비 지원이 무산된 후 요금 인상을 결정할 수밖에 없었다는 것이다. 9년째 요금동결을 유지하고 있어 적자가 누적되고 있는데도 무임승차 비용에 대한 국비 지원이 안돼 불가피한 결정이었다는 설명이다. 노인 무임승차와 관련해서 전문가들은 시대가 바뀐 만큼 연령 기준을 재조정하는 발상이 필요하다고 주장해왔다. 노인복지법상 무임승차 기준 연령인 65세 이상 노인 비중은 오는 2025년이면 무려 20.1%에 달할 것으로 예상된다. 필요하다면 공청회를 개최해 각계의 의견을 수렴한 뒤 연령에 대한 재조정을 하면 되는 것이지만, 민선 지자체장의 경우 아무래도 표심을 의식할 수밖에 없다. 섣불리 의견을 제기했다가 역풍을 맞을 우려가 있으니 결국 노인 연령 조정은 '고양

이 목에 방울 달기'처럼 민감한 사안으로 남을 수밖에 없다. 이번 요금 인상의 요인 중 하나인 버스의 적자를 둘러싸고도 논란이 많다. 실제로 감사원 감사 결과에서 나타난 것처럼 버스의 적자가 곧 버스회사의 적자는 아니라는 점에서, 지자체가 버스회사의 적자를 무조건 재정으로 보전해주는 방안이 최선이냐는 의문이 들게 된다. 물론 버스 노선을 유지해 주민 불편을 해소하려는 행정마인드는 교통이 곧 복지라는 차원에서 보면 올바른 방향이다. 자칫 시장 자본주의에 맡겨 적자 노선 문제를 해결하려는 발상은 지나치게 편의적인 접근이다. 버스를 교통약자의 전유물로 여겨 홀대하려는 생각은 국민 기본권인 이동권을 위협하는 것이기 때문이다. 하지만 버스회사들이 적자분을 지자체 재정으로 보전받으며 매년 막대한 이익잉여금을 남기는 상황을 눈 뜨고 지켜 보는 것이 과연 옳은 것인지, 쉽게 납득이 가지 않는 대목이다. 어쨌든 대중교통 요금 인상과 관련한 보도를 곱씹어보면 영 개운치 않은 느낌이다. 공공요금이 물가의 심리적 저지선이듯, 교통 인프라도 민생 복지의 심리적 저지선이라는 점에서, 어느 한쪽으로 쏠리는 결정을 쉽게 내리기란 이토록 힘들다.

교통은 [지혜로운 유산] 이다
친환경 차와 내연기관 차량의 역전 가능성

친환경 차의 선택이 거스를 수 없는 시대적 대세로 자리잡아 가고 있다. 국제사회의 기후 변화 대비 공조 움직임에 따라 글로벌 무역질서의 틀이 바뀌고 있는 가운데, 국내 자동차 등록 통계에서도 친환경 전기차와 하이브리드 차량 등록은 지속적으로 증가하는 반면, 내연기관 자동차 보유는 줄어드는 양상을 보이고 있다. 2023년 6월 말 우리나라의 자동차 등록대수는 2,575만 7,000대로 인구 1.99명당 1대 꼴로 자동차를 보유하고 있었다. 이 중에서 내연기관(휘발유, 경유, LPG 연료 사용) 자동차는 총 2,373만 1,204대였고, 하이브리드, 전기차, 수소차 등 친환경 자동차는 총 184만 4,233대였다. 지난 2022년 12월 대비 내연기관 차량 등록 수는 872대 줄고 친환경 자동차 등

록수는 25만 4,249대 증가(16%)했는데, 하이브리드(134만 대), 전기차(43만 대), 수소차(3만 대) 순으로 늘었다. 지난 2021년과 비교해보면 당시 115만 9천 대였던 친환경 차는 2년새 68만 5천여 대(59.1%)가 늘었다. 아직까지 전체 자동차 보유 대수에서 차지하는 비중 자체는 크지 않아 보일 수 있지만, 신규 자동차 구매에서는 매년 수십만 대가 팔리는 성장세로 볼 때 조만간 친환경차 구매는 자동차 소비의 큰 축으로 부상할 전망이다. 전기자동차 점유율에서는 현대(43.9%), 기아(27.5%), 테슬라(11%)의 순으로 나타났다. 친환경차 구매가 늘었던 배경에는 개별소비세 감면과 교육세, 부가세 혜택이 큰 역할을 한 것으로 풀이된다. 친환경 차량 중에서 하이브리드 차량이 다수를 차지했는데, 테슬라가 전기차 시대를 열었지만 아직까지는 내연기관 차가 하이브리드 차량을 대체하는 과정으로 보인다. 장기적으로는 전기차나 수소차 등 완전한 친환경차 구매가 대세를 이룰 것으로 보이지만 일정한 과도기를 거쳐야 한다는 게 전문가들의 분석이다.

한때 '부의 상징'으로까지 불렸던 자동차가 국민 2명당 1대 꼴로 늘

소통의 현장에서는 정책의 단초가 마련된다. 한 토론회에서 자리를 같이 한 홍기원 국회의원(오른쪽).

어났다는 것은 이제 자동차가 일상 생활의 필수품으로 자리 잡았다는
뜻이다. 무선통신 시대가 개막된 초기에는 휴대폰도 부러움의 대상이
었으니 세월에 따라 변하는 인식의 차이에 격세지감을 느낀다. 자동
차에 매겨지던 특별소비세가 개별소비세로 대체된 것도 이같은 인식
흐름을 보여준다. 아직은 세수 비중과 교통량 억제효과 때문에 유지
되고 있으나 언젠가는 자동차에 부과되는 개별소비세도 폐지되는 것
이 마땅하다는 게 전문가들의 중론이다.

성장세를 유지하던 전기차 시장이 올 상반기에는 다소 주춤한 상황이다. 차량 구매 대기기간이 짧아지고, 소진을 우려했던 전기차 보조금이 남아돌기 시작한 것이다. 서울시의 경우 전기차 구매보조금을 받고 출고한 차량이 3,804대로 목표인 7,800대의 절반에 불과했다. 한때 차량용 반도체 공급난이 극심했던 시기에는 2년 이상 기다려야 했으나, 현재는 대기기간이 1개월 남짓으로 줄어들었다. 전문가들은 전 세계적으로 전기차의 인기가 주춤한 것은 사실이지만, 완성차 업계가 전동화 전환에 박차를 가하고 있는 상황이라며, 현재 전기차 수요의 부진 현상은 전동화로 가는 과도기 단계라고 분석했다. 전기차의 수요가 감소세를 보이는 이유는 정부에서 주는 보조금이 줄어들어 소비자의 부담이 크게 늘었기 때문이다. 또 여전히 충분하지 못한 충전 인프라에 더해 충전 요금까지 오르면서 전기차를 찾는 소비자가 줄어든 것으로 분석된다. 환경부에 따르면, 전국 161개 지자체 보조금 소진율은 44.6%로 집계됐다. 서울, 부산, 대구, 인천 등 8개 광역 · 특별시와 제주도는 보조금 소진율이 32.2%에 그쳤다. 차량을 계약하고도 보조금을 받지 못해 구매를 포기했던 지난해 상황과 정반대의 현상이다. 전문가들은 전 세계적으로 전기차의 인기가 주춤한 것은 사실이지만, 완성차 업계가 전동화 전환에 사활을 걸고 있고, 거스를 수 없는 업계의 숙명이라며 현재는 완전 전동화로 향하는 길의 숨고르기 단계라고 분석했다. 전기차 구매 부진의 원인으로 일부에서는 충전소 부족을 거론하기도 하지만, 우리나라의 전기차는 46만 대, 충전기는 22만 대로 충전기 1대당 전기차 2대인 수치를 보이고 있다. OECD 국가 중에서 충전 인프라에서는 최고 수준인 셈이다. 중국이 충전기 1대당 전기차 7.2대인 것과 비교하면 인프라 차이를 실감할 수 있다. 다만 충전기가 생활 공간 주변으로 많이 설치돼야 하고, 수도권 지역에 전기차가 많은 것을 고려해서 충전소를 설치할 때 수요에 따라 선택과 집중 전략이 필요해 보인다. 결국 전기차 대중화 시대가 열리려면 상대적으로 비싼 전기차 가격이 내연기관 차량과 비슷해지는 것을 기대할 수밖에 없다. 자동차 발명이 후대에도 지혜로운 유산으로 남는 유일한 방법은 청정 연료의 사용뿐이니 완성차 업계의 분발을 기대한다.

교통은 [거시적 안목의 투자] 다
도로 건설·첨단기술 구축, 쌍끌이 전략

인구 2명당(1.99명) 1대 꼴로 늘어난 자동차, 도로의 확충과 안전 매뉴얼의 보강이 시급해진 시점이다. 매년 휴가철이나 명절에 도로가 막히는 것은 이미 피할 수 없는 상황이다. 교통연구원과 도로공사가 지난 7월 25일과 8월 15일 사이 총 22일간 하계 휴가철 특별교통 대책기간 조사 결과를 보면 약 1억 121만 명, 1일 평균 460만 명이 이동한 것으로 나타났고, 고속도로 이용 1일 평균 차량 대수는 523 만 대에 달했다. 통계청에 따르면 2021년 기준 우리나라 도로 총연장 길이는 113,405km이며 고속도로 길이는 4,866km였다. 참고로 북한의 도로 현황은 26,203km(고속도로 658km)로, 우리나라가 현재 전 국토에 걸쳐 얼마나 많은 도로를 구축했는지 알 수 있다.

전문가들의 지식은 공익적으로 쓰여야 가치가 배가된다.

특히 수도권이나 대도시 주변의 도심 진입 방면은 신규 건설이 어려울
정도로 촘촘한 도로망 상태를 보이고 있다. 도심에서는 신규 도로
건설보다 첨단 기술의 힘으로 교통 정체를 벗어나는 전략이 추진되고
있다. 현재 구축 중인 지능형 교통체계(ITS)가 완료되면 신호제어나
스마트 주차시스템 등을 통해 교통 흐름 개선이나 주차난 완화를
기대해 볼 수 있다,

수도권 밖으로 눈을 돌리면 신규 도로 보급이 정체되고 있는

정반대의 상황이 나타난다. 강원 지역을 예로 들면, 지난 10년 동안 강원특별자치도 내 자동차 수는 20만 대 넘게 늘었지만, 도로 보급률은 오히려 낮아졌다. 국토교통부에 따르면, 도내 자동차 등록대수는 2013년 63만 5,000대에서 2022년 85만 2,000대로 10년 만에 21만 7,000대(34.1% 증가)가 늘었다. 이는 전국 평균 자동차 수 증가율(34%)을 웃도는 수치다. 하지만 도내 도로 보급률은 더 악화돼, 국토 면적과 인구를 고려해 도로 보급률을 측정하는 '국토계수당 도로 연장' 수치에서 강원도는 지난 2013년에 1.97%이었지만, 2022년에는 1.93%로 낮아졌다. 전국 17개 광역지자체 중 국토계수당 도로 연장이 10년 전보다 악화된 곳은 강원도를 포함해 세종, 제주, 경남 등 네 곳뿐이다. 도로 보급률이 낮아진 이유는 신규 도로 개설이 거의 이뤄지지 않기 때문이다. 도내에서 이뤄지는 도로 건설사업은 굽은 도로를 직선화하는 선형 개량사업과 기존 도로 확장사업 위주로 진행되고 있다. 도내 지방도 중 8차로 이상 도로는 10년 동안 한 곳도 늘지 않았고, 시도 중 8차로는 2015년 319m 연장된 후 7년째 그대로다. 이에 따라 도내 도로의 총길이(연장)는 지난해 9,814km

로 10년 전인 2013년 1만 147km보다 333km 줄었다. 전국에서 가장 감소 폭이 컸으며 10년 세월동안 도로 길이가 오히려 줄어든 곳도 시·도 경남(33km 감소)과 강원 등 2개 지역에 불과하다. 특히 도로 포장률은 10년 전 85.7%에서 지난해 92.0%로 증가했지만, 여전히 전국 평균 95.2%에 크게 못 미치고 있다. 원활한 교통을 위해 인프라 투자는 다각적으로 이뤄져야 한다. 도로의 건설과 개선으로 총량 증가에 대비하고, 첨단 기술 구축으로 흐름을 조절하는 지혜가 필요하다.

교통은 [시스템과 매뉴얼로 지켜지는 안전] 이다
오송 지하차도 사고 터진 날

"남들이 가는 큰 길로 가라, 큰 길로 가면 최소한 실수는 안한다."
큰 길에 대한 정의는 사람마다 다르다. '안전하고 무난한 길'이라는
다소 폄하적 뉘앙스도 담겨있는가 하면, 또 어떤 사람은 가장
당당하고 떳떳한 길이라고 주장한다. '큰 길'에 대한 나만의 정의는 더
많은 사람들에게 골고루 혜택이 돌아갈 수 있는 '공용도로'에 가깝다.
늘 큰 길에 충실했는지 스스로 묻고 검증해야 개운하다.

청와대 행정관, 국토부장관 정책보좌관, 이런 저런 공직을 거치면서
남들이 인정하는 주거교통 전문가로 인정받고 있지만, 민생과 직결된
교통 이슈가 뉴스에 보도되면 한없이 신중해진다. 내가 무심코 한

발언이 얼마나 파급력을 갖는지 뼈저리게 느끼기 때문이다. 전파를 타는 전문가의 발언은 그래서 무거워야 한다. 오늘도 터진 참사, 오송 지하차도에서 비극이 발생했다. 관계기관들의 무성의와 안일한 태도가 참사의 원인이지만, 진부한 지적만 들먹여서는 곤란하다. 정확한 사고 원인을 짚어내고 시스템의 부재를 조목조목 추궁해야 한다. 날카로운 시각이 필요하지만 인간애가 바탕에 깔려야 한다. 혹시라도 준비한 내 발언에 인명을 경시한 경박함이 들어가 있지는 않은지 다시 한 번 검증하고 또 확인한다. 진행상 정말 필요한 표현인지 스스로에게 묻고 또 물어 그래도 납득이 안되면 경청하는 순서로 들어간다. 전화와 문자로 의견을 물어 괜찮다는 반응이 나오면 안심이지만, 고개를 갸우뚱하는 사람이 있다면 과감히 버린다. 때론 '다 된 밥'도 과감히 폐기해야 할 순간이 찾아온다. 시스템이 제대로 작동됐는지, 관계기관 사이에 경고 인지 후 위험성에 대한 주의 환기가 제대로 전파됐는지, 평소에 배수 시설 관리에는 문제가 없었는지 점검해야 한다는 멘트가 마이크를 타고 라디오 청취자에게 전달된다. 오늘도 식은 땀을 흘리는 아침이다. 국회의원들이 민생법안을 발의하는 과정도 많은 사람들을 설득하는 전제가 있어야 한다. 대상을 충족시키지 못할 때 아깝다고 미적거리는 것보다 한심한 노릇이 없다. 반대를 무릅쓰면서 통과시켜야 할 역사적 소명의 법안이 있는가 하면, 제아무리 각계 전문가들이 인정한 'A+' 완성도라고 하더라도 국민들이 싫다면 접어야 하는 법안도 있는 것이다. 나는 그 기준을 '큰 길'에 묻는다. 입법이란 주권자이자 수혜자인 국민들을 위한 대의정치 활동이기 때문이다. 도로를 이용하는 사람들의 의견이 그 어떤 것보다 앞서야 마땅하다.

대중 앞에 설 때 신중한 언행은 기본이다. 생각은 깊게, 말은 무겁게 내 삶의 원칙이다.

교통은 [반드시 지켜야 할 약속] 이다
서울-양평고속도로 공방을 지켜보며

사회 지도층의 일탈은 어제 오늘의 일이 아니지만, 늘 씁쓸한 뒷맛을 남긴다. 왜 스스로 자신의 발등을 찍는지 모를 비양심과 몰상식의 악순환, 오랫동안 쌓은 지식과 경험이 오히려 더 독이 되는 부패의 순환고리를 직관하면 눈살이 찌푸려지고 저절로 혀를 차게 된다. 더 기가 막히는 장면은 진실을 외면하거나 패악을 부정하는 기만이다. 만천하에 드러난 잘못을 억울하다고 항변하는 적반하장의 현실 드라마를 볼 때마다 차라리 눈을 감고 싶은 마음뿐이다.

뉴스를 틀면 서울-양평 고속도로를 둘러싼 공방이 한창이다. 벌써 며칠째 이어지는 추궁과 반박, 명명백백히 잘못된 사실에도 불구하고

선배의 따뜻한 조언으로 후배가 성장한다. 더불어민주당의 정치적 자산이 넓어진 비결이다.
우상호 국회의원(오른쪽)과 함께.

사과 한마디 없는 뻔뻔함에 기가 찰 노릇이다. 많은 국민들이 지켜보고
있다는 사실을 망각했는지 특정인에 대한 충성만으로 고개를 뻣뻣이
들고 점입가경의 발언을 쏟아낸다. 국감을 생중계하는 텔레비전 화면
속에서 정부 각료와 고위 공직자들 사이에서는 책임 전가의 촌극마저
벌어진다. 실소를 금치 못하게 만드는 현실에 경악하며 국정의
현장에서 교통 정책을 설계했던 시절을 떠올린다. 정부 국책사업
중에서도 교통 관련 사업은 가장 돈과 시간이 많이 들어가기 때문에

과감히 '무거울 중(重)자'를 써서 [중(重)책사업]이라 불려도 무방하다. 지역 간, 계층 간, 업종 간의 복잡다단한 이해관계가 걸려 있기 때문에 오랜 검토 기간을 거치는 것은 물론이요, 공청회 등 토론의 장에서 찬반 의견을 모두 수렴하기 마련이다. 하지만 일단 중지가 모아지고 결론이 나면, 그것은 사업 진행에 중차대한 변수가 발생하지 않는 한 예고하고 공표한 원안대로 가야 마땅하다. 어떤 순간에도 특정인이나 특정 다수에게 이익이 돌아갈 소지를 만들어서는 안된다. 자신의 인생, 목숨을 걸 각오까지 되어 있어야 공직을 수행하는 것이니 이것만은 흔들리지 말아야 투명한 사회가 가능하다. 국가 교통정책의 수립과 집행에 관한 미디어의 질문에 대비해, 국정 현장에 있었던 사람으로서 마음가짐을 다듬어본다.

"답설야중거불수호란행(踏雪野中去不須胡亂行), 금일아행적수작후인정(今日我行跡遂作後人程)"
독립운동가 백범 김구 선생이 평소 즐겨 읊었다는 이 글귀는 조선 선조 때 고승 서산대사의 [답설야(踏雪野)] 라는 시 구절이다.

"눈 덮힌 들판을 걸어갈 때 이리저리 함부로 걷지 마라. 오늘 내가 걸어간 발자국은 뒷사람의 이정표가 되리니."

표현 자체도 아름답지만 글 속에 담긴 정신은 더 아름답다. 우연히 발견한 이 구절로 혼란했던 학창 시절의 청년 이인화는 중심을 잡았다. 공직자 이인화의 삶이 훗날 뒷사람에게 '지독한 원칙주의자'로 불리기를 애타게 소망하는 버릇은 오래전 이렇게 운명적으로 시작됐다. 양평 고속도로 논란을 연일 방송으로 지켜보며 입맛이 쓰다. '나라에 돈이 없는 게 아니라 도둑이 많은 것'이라는 얘기가 허투루 들리지 않는다.

교통은 [쌍방향으로 흐르는 소통] 이다
외로운 독단, 서울시 '무제한 교통카드'

일반 국민들의 체감 물가를 측정하는 바로미터 중 하나가 교통비다. 매일 직장에 출퇴근해야 하는 직장인들과 통학하는 학생들 입장에서는 덩달아 오르는 교통비 부담이 만만치 않다. 서울에 직장을 두고도 엄두도 내지 못할 집값 때문에 주거지는 멀리 있는 경기, 인천 주민들의 숫자가 적지 않고, 서울에서 경기, 인천의 직장으로 출퇴근하는 숫자도 무시하기 어려운 상황에서 교통비 인상은 '엎친 데 덮친 격'이다. 밀리는 시간 미어터진 사람들 때문에 옴짝달싹 못하는 불편함, 지하철과 버스 등을 연달아 갈아타야 하는 고단함은, 그래도 목적지까지 무사히 도착해 내쉬는 한숨에 어느덧 녹아버린다. 수도권에 사는 덕분이라고 안도를 해보는 것도 잠시, 교통비 인상 소식에 서민들은 하늘 높은 줄 모르고 치솟는 물가와 겹쳐 근심뿐이다. 누적된 적자 때문에 불가피하다는 당국의 해명도 귓등으로 들리는 이유다.

이 같은 상황에서 서울시가 내년 1월부터 대중교통 정기권 〈기후동행카드〉 시범사업을 실시한다고 밝힌 것은 그야말로 희소식이다. 서울시 설명에 따르면 1인당 매월 6만 5천 원을 내면 서울의 모든 대중교통수단을 무제한으로 이용할 수 있게 됐다는 것이다. 두 손 들어 반겨 환영할만한 일이지만, 못내 아쉬움이 남는다. 우선 정액요금 6만 5천 원부터 서민들에게 썩 도움이 되지 않는 규모. 이보다 더 큰 문제는 교통수단 환승시의 정산이다. 서울시 혼자 일방적으로 발표한 정책이 과연 수도권 주민들에게 얼마나 도움이 될지 알 수 없다. 서울시가 경기도와 인천시의 협조를 얻기도 전에 언론에 먼저 발표되는 바람에 아직도 넘어야 할 산이 첩첩이다. 아니나 다를까, 경기도는 내년 7월부터 교통비의 20%를 환급해주는 〈The 경기패스〉를 자체 도입하겠다고 밝혀, 서울시가 추진하는 〈기후동행카드〉 사업에 사실상 불참을 선언했다. 서울시 따로 경기도 따로, 문 닫고 제각기 추진하는 불통 행정, 저마다 자기 생색내는 교통복지 때문에 수도권 주민들은 입맛이 씁쓸하다.

여기에 덧붙여 2026년까지 서울교통공사 인력의 2,212명 감축 발표까지 접하는 순간, 과연 서울시 교통 시스템이 시민의 안전을 충분히 수호할 수 있을지 의문마저 든다.

정치가, 그것도 표심을 의식한 치적 위주의 생색 정치가 효율적 행정 보다 앞서는 현실이 아쉬운 대목이다. 교통이 막히면 누군가에게 참을 수 없는 고통이 되듯, 쌍방향의 문을 닫아버린 소통 역시 '일방적인 호통'이 된다. 과연 누구를 위한 호통인가?

홍기원 국회의원(오른쪽)의 출판기념회에서.

교통은 [불평등을 해소하는 대안] 이다
소득 역진성 극복하는 대중교통 요금체계

대중교통은 통근과 통학, 쇼핑 · 여가 · 친교 등 여러 목적의 통행처럼 삶을 살아가는데 필수 불가결한 수단이다. 대중교통 활성화는 교통 체증 완화와 환경보호 등 다양한 이점을 제공한다. 현재 적용되는 거리비례제 대중교통 요금은 이동 거리에 따라 요금이 결정되는 체계다. 수익자 부담 방식인 거리 비례 요금제는 일견 합리적으로 보일 수 있지만, 실제로는 몇 가지 문제점을 안고 있다. 극단적으로는 '불평등'이라는 주장도 등장하는데 타당한 측면이 있다. 역진성이라는 개념 때문이다. 소득이 상대적으로 낮은 계층이 생업을 위해 긴 거리를 대중교통으로 이동 시 더 많은 요금을 부담하게 되고 경제적 약자들

지난 대선에서 이재명 더불어민주당 후보를 돕는데 최선을 다했다.
우리 당이 곧 서민을 대변하는 정당이기 때문이다.

의 가처분 소득이 감소되는 결과를 초래하게 된다. 예를 들면 담뱃세
같은 것도 여기에 해당한다. 소득이 낮은 사람이 더 많은 세금을 부담
하는 소득 역진성이 가장 심한 게 담뱃세인데. 담뱃값 인상에 의한 경
제적 부담은 주로 저소득층에 집중된다. 연봉 1억 원이나 1천만 원이
나 똑같은 세금을 내기 때문이다. 직접세는 소득과 비례하지만 간접
세는 소득과 비례하지 않기 때문에 저소득층의 수익에서 차지하는 세
금 비중은 상당하다. 4,500원짜리 담배 한 갑에 매겨지는 총 세금은

3,318원으로 74%이며 연간 121만 원에 달한다. 똑같은 흡연자들이지만 저소득층은 더 과도한 경제적 부담을 지고 담배를 구매하고 있다고 봐도 된다.

교통 요금에 대해서도 역진성 논란이 똑같이 적용된다. 저소득층은 도시 권역에서 주거비가 상대적으로 저렴한 외곽 지역에 있는 주거지를 선택하는 경향이 많은데, 도심의 집값을 고려하면 당연한 선택이다. 도시 외곽에 있는 주거지는 대중교통 접근성이 좋지 않고, 거리비례제에 따라 통행요금이 더 많이 지불되는 소득 역진적 경향을 띠게 된다. 또 지하철 역세권은 역을 자주 이용하는 사람들이 살아야 본래의 목적을 획득하는데, 정작 대중교통을 자주 이용하는 저소득층은 역세권 부동산이 비싸서 실제로 거주하기가 어렵다. 역세권에 사는 고소득층은 대중교통 이외에도 자가용 등 대체 교통수단이 많지만, 저소득층은 대중교통 외에 마땅한 대체 교통수단 없기 마련이다. 이를 역세권의 역설이라고 부른다. 서울시민의 예를 들면 2022년 기준으로 월 소득 200만 원 이하는 출퇴근과 통학에 승용차를 사용하는 비율이 3.3%에 불과하다. 월 소득 800만 원 이상의 경우 33.3%가 승용차를 이용하는 것으로 나타난다.

모든 대중교통 이용자에게 거리에 따라 요금을 부여하는 현 체계의 역진성 극복을 위해 도심에서 멀리 떨어진 곳이나 원거리 통행을 하는 대중교통 이용자가 동일한 비용을 부담하게 하면 소득 역진성 상황을 극복하는 것이 가능해진다. 장거리 여행자가 대중교통을 이용할 수 있는 유인책을 제공해 자동차 이용 억제에도 도움이 되고 소득 재분배의 효과도 거둘 수 있다. 단일요금제 외에 독일이 시도한 정액권 카드의 도입도 소득 역진성을 극복하고 대중교통 이용을 촉진하는 정책적 대안 중 하나다. 독일은 코로나 팬데믹 시기에 대중교통 이용을 촉진하고 지역경제를 지원하겠다는 취지로 월 9유로(약 1만 3,000원)짜리 대중교통 무제한 이용 교통카드를 도입해 신선한 충격을 줬다. 9유로 티켓은 5,200만장이 발행돼 2022년 6~8월 3개월동안 월 평균 10억 원이 통행에 사용된 것으로 추정됐다. 올해 5월 1일부터는 월 49유로(약 7만 원)짜리 교통카드를 발행하고 있다. 이 티켓으로 고속철도를 제외한 시내버스, 지하철, 시외버스, 지역 간 철도 등을 이용해 전국을 이동할 수 있다. 최근 서울시가 발표한 무제한 교통카드도 독일을 벤치마킹한 것으로 볼 수 있다. 인천, 경기 등 광역지자체 간 협력이 있었다면 더 좋은 효과를 거둘 수 있는 묘안이, 정치적 성과에만 집착하는 독단으로 여러모로 아쉬움을 남긴다.

교통은 [사회적 안전망] 이다
플랫폼 노동자의 불안한 노동

신분이 불안정한 플랫폼 노동자 처우 개선에 대한 목소리가 높아지고 있다.

플랫폼 노동자수는 최근 비약적으로 증가하고 있다. 최근 3개월간 스마트폰 앱이나 웹사이트 등 온라인 플랫폼의 중개, 알선을 통해 일자리를 구하고 수입을 얻은 적이 한 번 이상 있는 사람을 '광의의 플랫폼 종사자'로 정의하면, 2021년 219만 명이었던 플랫폼 노동자는 2022년 291만 명으로 72만 명(32.9%) 증가했다. 이처럼 규모는 점점 커지고 있는데, 보호해야 할 제도적 울타리는 여전히 허술한 것으로 나타났다. 고용보험 가입률도 낮아 정규직 근로자 가입률(2021년 기준 고용보험 94.2%, 산재보험 97.8%)에 턱없이 못미친다. 가사, 청소, 돌봄 등 플랫폼 노동자들은 여전히 사회보장의 사각지대에 놓여 있어 처우 개선을 위해서는 노동자성 인정부터 시급하다. 현행 노동

관련 법률로는 플랫폼 노동자들이 근로자 신분으로 인정받기 어렵다. 플랫폼 노동자들의 불안전한 신분에 대해서는 국제노동기구(ILO) 등 해외에서도 뜨거운 쟁점이 돼왔다. 2018년 ILO 연구보고서는 플랫폼 노동이 노동자들을 지나치게 착취할 가능성이 있다고 지적했다. 특히 플랫폼 방식에 종속된 노동자들이 사용자 측과 충분한 협상력을 갖지 못해 근로조건이 나빠질 우려가 있다고 분석했다. 또 영국, 미국 등 선진국에서는 플랫폼을 통해 일감을 받는다는 것을 제외하면 오히려 일하는 과정을 더 촘촘하게 통제받으므로 근로자로 인정해야 한다는 법원 판례들이 나오고 있다.

이같은 판례들을 바탕으로 미국, 영국, 일본 등 주요 선진국들은 플랫폼 노동자의 처우를 개선하고 사회보장을 확대하는 정책과 입법을 추진하고 있는 것으로 나타났다. 선진국 추세에 따라 한국에서도 택배·배달 업종 등에 종사하는 플랫폼 노동자가 빠르게 증가하는 만큼, 플랫폼 노동 환경을 개선하고 이들에 대한 사회보장을 강화해야 한다는 목소리가 높아지고 있다. 보험연구원에서 발표한 '플랫폼 노동자에 대한 사회보장 확대 동향' 보고서에 따르면, 2020 년 1월 미국 캘리포니아주에서는 플랫폼 노동자를 일반 노동자로 분류하는 법안(AB5·Assembly Bil No.5)이 시행됐다. 핵심은 어떤 노동자가 특정 회사의 일상적 사업 관련 업무를 수행한다면, 독립적 계약업자가 아닌 직원으로 봐야 한다는 것이다. 이에 따라 AB5의 적용을 받는 플랫폼 회사 내 모든 노동자는 최저임금, 건강보험, 실업보험 같은 법적 보호를 받게 됐다.

영국 대법원도 유사한 판결을 내린 바 있다. 2021년 2월 영국 대법원은 차량호출 플랫폼 우버(Uber)가 운전자에 대해 서비스 요금, 고객 수락 여부, 서비스 제공 방식 등에 대해 엄격한 통제권을 행사한다는 점에서 우버 운전자는 일반 노동자로 분류된다고 판단했다. 보고서에 따르면 대법원 판결 이후 영국 우버는 운전자를 위한 최초의 퇴직연금제도를 시행하고 있다. 보고서는 일본 정부에서도 지난해 12월 프리랜서 및 플랫폼 노동자에게 후생 연금·건강보험을 적용하는 방안을 논의했다고 밝혔다. 올해 4월에는 프리랜서 보호법이 가결되면서 특정 업무를 위탁하는 기업에서도 급여, 출산·육아 휴직 등과 관련된 계약 조건의 명시가 의무화됐다. 한국은 지난해 5월 산재보험법 개정에 따라 올해 7월 1일부터 플랫폼 노동자들이 일하다 다치는 경우 산재보험을 적용받을 수 있게 됐다. 하지만 여전히 과로에

시달리면서도 기본적인 노동 환경 논의에서 소외되는 것이 이들의 현실이다. 민주노총 서비스연맹이 지난달 택배·배달 업종 등 플랫폼 노동자 968명을 대상으로 임금 불안정 실태조사를 벌인 결과 '근무 중 휴식시간이 없다'고 답한 응답자가 절반(46.1%)에 달했다. 이와 관련 한국플랫폼프리랜서노동공제회에서는 "플랫폼 노동자들이 자신이 일하는 조건과 수익 구조에 대해 기업과 교섭할 수 있는 협의체가 필요하다"고 주장했다. 교통 관련 종사자들의 삶이 공공의 사회적 안전망으로 튼튼하게 보호돼야 하는 것은 논란의 여지가 없다. 그늘진 곳의 눈물을 닦아주는 것은 정부의 당연한 의무다.

이해찬 전 더불어민주당 대표(오른쪽)와 함께.

교통은 [과감한 나눔] 이다
농촌마을에 개방하는 개방형 휴게소

고속도로 휴게소를 지역주민에게 개방하는 방안이 추진되고 있어 화제다. 인구 감소로 인해 농촌에서는 기본적인 생활 필수시설 이용이 어려워지고 있는 마당에 이러한 조치는 적절한 대안으로 환영받고 있다. 동네에 변변한 식당, 편의점조차 없는 농촌 마을에서 고속도로 휴게소는 과거에 이용하고 싶어도 진입로가 없어 '그림의 떡'인 경우가 태반이었다. 휴게소로서도 이용객이 늘면 영업 매출이 제고되니 서로가 반길만한 일이다. 국토교통부는 각종 편의시설을 갖춘 고속도로 휴게소 11곳을 지역 주민들도 이용할 수 있는 개방형 휴게소로 전환하겠다고 밝혔다. 올해는 지자체와 협의를 마친 정읍, 진주, 덕평 휴게소 등 3곳을 우선 개장하고, 이천, 논공, 강천산, 춘향(2024년 추진),

신탄진, 입장(2025년 추진), 섬진강 양방향(2026년 추진) 등 나머지 8 곳은 2026년까지 순차적인 단계에 따라 개방형으로 전환된다.

교통 인프라는 어르신과 아이, 소외지역 주민 등 교통 약자들을 위한 배려가 우선되어야 한다.

개방형 휴게소는 고속도로 외에 국도, 지방도 등 일반도로와 연결하는 진입로를 별도로 개설해 고속도로 이용객뿐 아니라 지역 주민들도 자유롭게 이용할 수 있도록 지역사회에 문을 연 휴게소이다. 단순한 휴식 공간을 넘어 쇼핑·문화·레저공간으로 진화하고 있는 고속도로 휴게소를 지역사회에 전면 개방하여 주민 생활편의를 향상시키는 역할을 수행하게 된다. 또 지자체와 함께 농특산품 판매장, 문화·관광 체험시설 등 지역 특화시설을 조성해 주민 소득증대와 지역 이미지 개선에도 기여할 것으로 기대된다. 가장 먼저 개장하는 정읍 휴게소는 후면 진입로 및 주차장, 전기차 충전소가 확충되고, 정읍시와 협력해 단풍 축제 등 지역 홍보시설과 농특산물 직거래 장터, 지역 맛집 (정읍국밥) 등이 새롭게 들어선다. 이어서 10월에 진주, 12월에 덕평 휴게소가 지역 여건에 맞는 각종 편의시설과 지역 특화시설 등을 갖추고 개방 운영을 시작할 예정이다. 내년부터 개장하는 입장, 이천, 신탄진 휴게소는 하이패스 나들목을 설치해 휴게소를 통해 직접 고속도로 진·출입도 가능하게 할 계획이다. 국토교통부는 "개방형 휴게소가 침체된 지방 중소도시에 활력을 불어넣는 새로운 복합생활공간으로 자리잡을 것"이라며, "전국적으로 활성화되도록 지자체와 함께 지원을 확대해 가겠다"라고 밝혔다.

최근의 고속도로 휴게소는 허기진 배를 채우거나 화장실 용도로 이용하던 과거와 달리 명품먹거리 맛집이나 사진을 찍을 수 있는 명소로 거듭나 새로운 문화를 만들어가는 대상이 되고 있다. 전국

휴게소 맛집 리스트나 인생 사진 명소 리스트가 온라인을 중심으로 널리 알려지기도 했다. 고속도로 상공의 브릿지가 일품인 시흥 하늘휴게소, 자연을 테마로 산책코스가 조성되어 있고 가족이나 연인의 데이트 명소로 인기가 높으며 애견 놀이터까지 갖춘 국내 최대 규모의 덕평휴게소, 전국 최초 고속도로 휴게소 공공의료시설을 갖춘 안성휴게소, 동해 바다가 보이는 일출 명소 옥계 휴게소(동해고속도로), 야경이 아름답기로 소문난 영종대교 휴게소 등 온라인에서 화제를 모은 휴게소가 한 둘이 아니다. 고속도로 휴게소를 농촌 마을이 이용할 수 있도록 문호를 넓힌 국토부의 발상에 찬사를 보낸다. 휴게소뿐만 아니라 낭만적인 풍경의 철도 폐선 부지, 풍광이 아름다운 서울과 경기도 일원의 자전거 도로, 각 지역의 특색 있는 체육시설을 활용한다면 관광자원 확보와 공유 이용 효과를 더 거둘 수 있을 것이다. 생각을 바꾸면 주변에 지천에 널려 있는 게 관광자원이자 문화 인프라다.

둘,

溫 : ON

따뜻한 시선으로 각성한 삶

더운 입김으로 사람을 얘기합니다.

오늘 겪은 일상을 되돌아볼 때,

매몰찬 하루는 아니었는지, 심드렁한 눈길은 아니었는지

가슴을 치는 후회가 남지 않도록

지나온 발자국을 눈에 담습니다. 가슴에 새깁니다.

모든 이들이 서로 따뜻한 시선으로만 기억되기를 간절히 소망합니다.

희망은 [황무지에서 라일락을 피우는 모순] 이다
4월에 시작된 교통위반 단속 강화

4월부터 첨단 장비를 활용해 교통법규 위반 단속에 나선다고 하니 운전자들의 준법 운전이 더욱 중요해졌다. 뒷번호판을 촬영해 교통법규 위반행위를 적발하고 과태료를 부과하는 '후면 무인교통단속 장비' 도입은 운전자들의 부주의와 태만에 경각심을 불러 일으킨다. 기존 교통단속용 CCTV보다 더 넓은 검지범위를 갖고 있으며 일반 차량뿐만 아니라 오토바이, 자전거, 보행자 등 도로상 다양한 객체를 높은 정확도로 측정할 수 있다고 한다. 고속도로에서는 과속을 잡아내는 교통단속 장비 탑재 순찰차까지 운영된다. 실시간으로 위치를 파악하고 단속정보를 저장 전송할 수 있으니, 고속도로에서 운전자들이 카메라 위치를 파악하고 그 순간만 넘기겠다는 생각은 버려야 한다.

또 우회전 신호등 위반 계도기간이 종료되어 본격 단속에 나선다는 사실도 단단히 유념해야 할 점이다. 범칙금 6만 원에 벌점 15점까지 부과되니 우회전 하기 전에 반드시 멈췄다가 출발하고, 우회전 신호등이 있으면 신호에 따라 주행하는 것이 현명한 방법이다. 법규 위반에 익숙한 운전자들에게는 잔인한 달이겠지만, 교통안전 확보에 있어서는 또 다른 희망의 시작이다.

교통은 단순한 신호체계가 아니라 사람들간의 사회적 약속이자 합의이기도 하다.

울긋불긋 피어나는 꽃들이 지천에 깔린 즈음이다. 사람들은 왜 사계절 중에서 유독 봄을 편애하는 걸까? '봄 소식'이란 말은 들어봤지만, '여름 소식' '가을 소식' '겨울 소식'이란 표현은 없는 것만 봐도 얼마나 봄을 기다리는 지 잘 알 수 있다. 그만큼 겨울이 혹독했던 탓이 아닐까? 씨앗이 움트고 새순이 돋고 꽃망울이 맺히는 풍경과 함께 훈풍이 불어오면, 사람들은 가슴을 활짝 펴고 희망에 대해 얘기한다. 만물이 생동하는 계절답게 4월은 '혁신의 메타포'를 담은 역사들이 이뤄졌고, 기록으로 남아 후세에 전해진다. 멀게는 신라가 삼국을 통일시켜 천년 왕조의 전기를 만든 사건도, 가깝게는 일제 강점기 시절 중국 상해에서 대한민국 임시정부가 수립된 것도 4월이었다. 홍꼬우 공원에서 윤봉길 의사가 일본군 수뇌부에게 폭탄을 투척한 의거도 4월에 일어났고, 이승만 독재에 항거해 학생들이 거리로 쏟아져 나온 4.19 혁명도 4월을 대표하는 역사 중 하나다. 세계사로 눈을 돌리면 우리는 4월의 역사에서 '서양 철학과 문학의 영원한 제국' 로마 건국을 찾을 수 있다. '미국 남북전쟁의 종식'도 4월에 이뤄졌고, 1971년 중국과 미국이 핑퐁외교로 '탈냉전'의 물꼬를 튼 것도 4월이었다. 우간다의 독재자 이디 아민이 쫓겨나 리비아로 망명한 것도 공교롭게 4월의 역사 한

자락이다. 여기까지만 살펴보면 오직 희망으로만 장식된 것 같지만, 알고 보면 4월은 슬픔과 비극의 계절이기도 하다. 미국 노예해방의 아버지 에이브러햄 링컨 대통령, 흑인 인권운동가 마틴 루터 킹 목사의 암살도 4월에 일어났고 타이타닉호의 침몰도 4월의 비극이었다. 우리나라로 눈을 돌리면 제주도에서 '4.3 사건'의 악몽은 아직도 잊혀지지 않는 슬픔이다. 거슬러 올라가면 이처럼 4월의 역사에는 희망과 비극의 사건들이 저마다 한 자리를 차지하고 있으니 신기하기만 하다.

식당에서 정겨운 이웃들과 함께.

상반되는 2가지 요인이 동시에 일어나 서로 상쇄시켜 주는 효과를 의학이나 생물학에서는 길항작용이라고 부른다. 예를 들어 심장박동을 촉진하는 교감신경이나 이를 억제하는 부교감신경은 서로 길항작용을 하고 있는 것이다. 역사에도 길항작용이 있다면 상반되는 두 요인은 '희망'과 '비극'이 아닐까? 나만의 생각은 아니었는지 영국의 시인 T. S. 엘리어트는 [황무지] 라는 작품에서 4월을 '잔인한 달'이라고 노래했다. '죽은 땅에서 라일락을 키워내는' 것이 시인은 그렇게 못마땅했나 보다. 하지만 위대한 시인의 언저리에 미치지 못하는 나는 여전히 '4월의 희망'에 방점을 찍고 싶다. 봄을 알리는 새순과 꽃잎처럼 희망도 함께 활짝 피어나리라 믿으며, 1년을 설계하고 힘차게 달리지 않을 수 없다. 그 길만이 훈풍(薰風)과 춘양(春陽)에 대한 예의라고 믿는다.

사랑은 [눈으로 돌보는 정성] 이다
가정의 달에 가장 많은 어린이 교통사고

어린이 교통사고는 '가정의 달'인 5월에 가장 많이 발생하는 것으로 나타나, 특히 운전자와 보호자의 각별한 주의가 필요하다는 소식이 전해졌다. 외부 활동이 많아져서 자연스럽게 위험에 노출 확률도 함께 높아졌기 때문이다. 도로교통공단에 따르면 최근 10년간(2013~2022년) 연중 만 12세 이하 어린이 교통사고가 가장 많이 발생하는 달은 5월이다. 5월 한 달 평균 발생하는 어린이 교통사고 건수는 1만1,358건으로, 사고 발생건수가 가장 적은 2월(6,241건)의 2배 수준이다. 이어 6월(1만392건), 8월(1만113건), 7월(1만112건) 순으로 사고가 많이 발생하는 것으로 집계됐다. 사고 건수는 외부 활동이 많아지는 봄 하순부터 여름철 사이 급격히 늘었다가, 외부 활동이 줄어드는 겨울철에 줄어드는 양상이다. 특히 어린이날을 비롯한 각종 연휴 행사가 많은 5월에 사고 발생율도 높은 것으로 풀이된다.

어린이 안전은 모든 원칙보다 우선한다. 사진은 지난 2022년 지방선거 당시 유세 장면.

싱그러운 싹들이 저마다 생기를 뿜내느라, 보는 눈마저 시려지는 계절이다. 녹음방초(綠陰芳草)에 감탄하며 사소한 질문 하나 던져본다. 사람들은 왜 5월을 '계절의 여왕'이라고 부를까? 곳곳에 피어난 꽃처럼 풍경이 아름다워서? 따뜻한 햇볕과 촉촉한 단비를 연상하면 쉽게 답을 찾을지도 모르겠다. 백화초목(白花草木)의 생명이 영글어가는 기뿜에서 최상의 헌사로 이어진 것은 아닐까 짐작해본다. 영어권에서 5월을 뜻하는 'May'는, '위대하다'는 의미를 가진 라틴어 'maior'에서 유래되었다. 풍성한 결실을 바라는 농경사회 로마인들에게, 오랜 잠에서 깨어나 씨를 품고 키워가는 땅은 숭배의 대상일 수밖에 없다. 곡물을 뜻하는 영어 단어 '씨리얼'은 로마신화 농업의 여신 '케레스의 것'이라는 뜻이다. 딱딱한 동토가 아니라, '기름진 5월의 대지'야말로 위대하지 않을 까닭이 조금도 없다. 5월이 '계절의 여왕'이라는 표현도 모자라 '위대한 계절'로 불려야 하는 이유다. 위대한 숭배의 대상은 남성들이 넘볼 수 없는 여성성의 영역에서 무한한 생명 에너지를 뿜어낸다. 대지의 관대함은 어머니의 자애로움과 너무나 닮아, '위대한 계절' 5월에 어버이날이 배치된 것도 일종의 상징이 아닐까 곱씹어본다. 우리가 5월 8일로 알고 있는 어버이날, 이 풍습이 전래된 미국에서는 매년 5월의 두 번째 일요일이고 이름조차 우리와 달리 '마더스데이(Mother's Day)'다. 20세기 초 미국의 웨스트버지니아주 그래프턴에서 교사로 일하던 애너 자비스(Anna Javis)라는 효녀의 노력으로 세계 최초로 '어머니의 날'이 국가 기념일로 정해졌다. 당대의 전언으로는 자비스가 나름대로 부모에게 정성을 다했다고 평가받았다는데, 정작 그녀는 어머니가 돌아가신 후 애도와 자책으로 슬픈 나날을 보내고 있었다. 미국판 '효녀 심청'이라 해도 좋을 자비스는, 단순한 애도의 차원을 넘어서 전국적으로 모든 자식들에게 어머니들의 은혜를 기리자고 제안하며 서명운동을 벌였다. 1914년 5월 8일 미국의 28대 대통령 토마스 우드로 윌슨이 마침내 자비스의 호소를 받아들여, 매년 5월의 두 번째 일요일을 '어머니의 날'로 정하는 법안에 서명함으로써 전 세계로 이 운동이 번져나가는 계기가 되었다. '위대한 계절, 5월'에 '위대한 이름, 어머니'를 되새겨보자는 취지에서 굳이 기원을 찾아보았다. 흔히 세상 사람들은 어렵고 힘든 일을 쉽게 산고(産苦)에 비유한다. 하지만 자식을 보듬어주는 어머니가 되어보지 않고 어찌 함부로 산고를 논할 수 있을까? 화려한 봄이 끝나기 전에 주름진 어머니 손을 잡아주거나, 소중한 추억을 도란도란 함께 떠올려 볼 일이다.

주택은 [자산이 아니라 주거공간] 이다
원가 부담 증가로 열기 식는 주택 시장

공사비가 가파르게 오르면서 건설업계에서 주택사업 열기가 식어가고 있다. 인건비나 자재 가격 단가가 높은 상황이라 현장에서도 관련 분쟁이 늘었고, 시공사 수익도 낮아졌다. 건설 원자재 가격 인상 등 '원가 부담'이 커지면서, 건설업계에서는 주택사업에 대해 수익성 부족이라는 판단까지 내리고 있다. 당분간 원가 상승 압박을 피하기 어려워, 부정적인 전망 일색이다. 최근 증권가에 따르면 내년 주택 시장 전망에 대해 국내 주택 건설업계에 비우호적 상황이 이어지면서 당분간 건설 원가율 하락을 기대하기 어렵다고 내다봤다.

틀로 찍어낸 듯 똑같은 현대의 아파트 구조와 달리 조선시대 옛

전통가옥은 저마다의 개성이 담겨 있었다. 무더운 여름이면 우리 조상들은 적당한 그늘을 찾아 여유를 즐겼다. 간단한 먹거리를 추렴해 천렵을 나가거나 시원한 물에 발을 담그는 탁족의 풍류가 그것이다.

토론회에서 전문가들과 토론하는 모습.

하지만 조상들의 풍류는 놀이와 학문, 생활을 굳이 분명하게 구분하지 않았다. 생활 속에서 학문을 논하고 기량을 겨루며 그 자체를 여기로 삼았던 것이다. 풍광이 수려한 곳에 정자를 지으면, 풍악을 먼저 울리는 것이 아니라, 시회(詩會)를 열어 숨은 재사를 발굴하고 명망 있는 선비를 초청해 고견을 들었던 전통에서, 학문이 숭앙받는 시절의 낭만이 발견된다. 새 집을 지으면 글깨나 하는 문장가들이 그럴듯한 이름을 지어 집주인에게 선물하거나 마땅한 이름이 없으면 주인이 직접 짓는다. 이때도 생각나는 대로 짓는 것이 아니라 나름대로 작명의 기준을 준수했다. 먼저 경치를 굽어보는 곳은 대(臺)라고 불렀다. 주변의 풍광이 수려한 곳에서 호연지기를 기르는 풍모를 엿볼 수 있다. 퇴계 이황의 시가 전해지는 경남 거창의 수승대가 대표적이다. 경치를 즐기는 역할로는 수려한 자태의 헌(軒)도 빼놓을 수 없다. 늠름한 장부의 모습을 가리키는 수식어 '헌헌장부'라는 표현도 여기서 유래했다. 담양의 명옥헌에 오르면 감탄사가 절로 나온다. 터를 높이 돋우어 앞이 탁 트인 집은 당(堂)이다. 스승은 탁 트인 방향을 향하고 제자들은 가르침을 전하는 스승을 우러르기 적당한 구조다. 조선 중기 문신 김윤재가 기라성들을 길러낸 광주의 환벽당, 공재 윤두서와 고산 윤선도의 자취가 어린 해남의 녹우당이 대표적이다. 재(齋)는 조용하고 은밀하며 진지한 집이다. 논리적 사유를 치열한 토론으로 정리하기에 적절하다.

토론회에서 많은 전문가들과 의견을 교환하며 좋은 정책이 만들어지는 데 일조해왔다.
현안에 대한 날카로운 질의와 답변으로 토론회에 긴장감을 불어넣기도 한다.

선조 무렵 유림의 거두 남명 조식은 경남 산청의 산천재에서 제자들을
단련시켰다. 루(樓)는 폭이 좁으면서 가로로 긴 집이다. 난간을 달아
경치를 굽어보기 좋게 설계한 배려가 돋보인다. 동해안에 자리잡은
삼척의 죽서루가 이름 높은 루의 대명사다. 사방에 비탈진 지붕이
있고 창문을 낸 집은 각(閣)으로 불렸다. 담양 소쇄원의 광풍각은
건축미가 빼어나기로 이름이 높다. 정(亭)은 누구나 이용할 수 있는
간이 휴게소 격이다.

길 가던 나그네가 땀을 식히고, 동리의 어른이 젊은 축을 불러 모아 장기 자랑을 열기도 했다. 전남 담양의 식영정과 면앙정, 거창의 용암정, 정읍의 피향정이 손꼽힌다.

책임자는 [책임지는 자리] 다
사건 사고에 무책임, 리더십의 실종

이태원 참사, 오송 지하차도 참사, 서울-양평고속도로 논란, 해병대 고 채수근 상병 사망사건 등 사고가 터질 때마다 책임 전가 논란에서 자유롭지 않은 일들이 잊을 만하면 빚어지고 있다. 이태원 참사는 지 자체장이나 경찰 수장 대신에 현장의 경찰관과 소방관들, 오송 지하 차도 참사는 현장 통제 경찰관들, 서울-양평 고속도로 의혹제기에서 는 장관 대신 국장이나 외부 용역사가, 채 상병 사건에서는 사령관이 나 사단장 대신 조사를 담당한 수사단장이 책임을 뒤집어쓰고 있는 일 들이 버젓이 벌어지고 있다. 모든 사고 시마다 대통령이 책임지고 국 민들에게 사과하는 일도 전혀 없었다. 아랫사람을 문책하고 징계하고 현장 탓만 하면서 정작 지휘부는 아무런 책임을 지지 않는 것을 보면

국회 기자회견에서 발언하는 모습.

서 국민들은 진한 배신감을 느끼게 된다.

솔선수범의 리더십이 완전히 실종된 시대라고 불러도 할 말이 없다. 반상의 구별이 엄격하던 신분제 사회 조선시대에서도 큰 일을 당하면 윗사람 먼저 자신의 책임을 통감하고 위험을 감수하는 것이 관례였다. 비가 오지 않아 가뭄이 든 것도 임금 탓, 큰 불이 나는 것도 임금 탓이었다. 죄인이 된 임금은 머리를 풀어 헤치고 하늘을 우러러 용서를 빌었다. 전염병이 발생하면 임금은 백성들에 대한 책임감 때문에 '부덕한 내 탓'을 외쳤고, 통곡으로 반성하는 모습이 실록을 비롯한 각종 기록물에 자주 나타난다. 임금을 더 큰 죄인으로 만들지 않기 위해 정승 판서 등 당상관의 지휘 아래 모든 관헌들이 일사분란하게 방역을 위해 신발이 닳도록 뛰어다녔다. 전염이 두려워 아랫사람에게 책임을 떠넘길 경우 과거 응시를 제한하는 등 후손에게까지 대를 이어 책임을 물었다. 우루과이의 전 대통령 '호세 알베르토 무히카 코르다노'는 재임 시절 각국의 언론으로부터 '세계에서 가장 가난한 대통령'으로 불린 헌신의 지도자였다. 우루과이 국민들은 그에게 '페페'라는 애칭을 선물했다. 스페인어로 '아버지'라는 뜻이다. 28년 된 낡은 자동차를 직접 몰고 월급의 90%를 기부하던 무히카는 프란치스코 교황으로부터 '현자'의 칭호를 받았다. 재임 시절 단 한 번도 국민을 기만하지 않았던 무히카는 노숙자에게 대통령궁을 내주기도 했고 고등학교 졸업장도 없던 그의 또 다른 별명은 '철학자'였다. 국민들을 위해 고민하고 헐벗고 약한 자를 돌보기 위해 고뇌했던 그에게 매우 적절한 별명이었다. 국민을 사랑하는 지도자를 만나는 것은 고사하고, 최소한 자신의 책임을 아랫사람에게 떠넘기는 무책임한 공직자의 모습만이라도 보이지 않기를 바란다.

라이벌은 [가까이 두고 사귀는 벗] 이다

현대기아차 VS 토요타, 치열한 글로벌 경쟁

글로벌 시장에서 친환경차 판매 경쟁을 벌이는 현대기아차와 토요타
가 자사의 주력 차종을 앞세워 라이벌 경쟁에 한창이다.

토요타는 하이브리드 차종에서, 현대차는 전기차 분야에서 강점을 갖고 있는 완성차 회사로 두 회사는 글로벌 시장에서 시종 팽팽한 대결로 기싸움에 나서고 있다. 고급차 시장에서도 현대는 제네시스 브랜드, 토요타는 렉서스 브랜드를 통해 시장 확대 경쟁을 벌이고 있다. 아직까지는 후발주자인 현대기아차가 토요타를 넘어서기에 힘겨운 상황이지만, 토요타에 비해 앞서고 있는 전기차 차종을 통해 시장 판도를 재편하기 위해 노력하고 있다. 현대기아차의 선전이 토요타를 제대로 위협할 수 있을지 주목된다.

현대기아차만큼 토요타가 진심으로 라이벌 관계로 생각할지는 모르지만 라이벌 관계는 쌍방의 발전을 도모하는 촉진제다. 라이벌의 유래는 고대 로마 시절까지 거슬러 올라간다. 로마에서는 농사를 짓는 젖줄, 강물을 두고 마을 간에 다툼을 벌이는 일이 많았다. 강 건너편의 사람들을 배타적으로 경계하는 의미 '리발레스(rivales, 강가의 사람들)'라 부른 데에서 라이벌의 역사가 시작됐다. 인간의 역사에서 라이벌은 선의의 경쟁이든 생존의 경쟁이든 발전과 진화를 촉진하는 도구적 역할을 담당해왔다. 토마스 에디슨과 니콜라 테슬라는 '라이

벌'이라는 단어를 떠올릴 때 대표적으로 회자되는 인물들이다. '천재
는 99%의 노력과 1%의 영감으로 만들어진다'는 말로 유명한 토마스
에디슨은 그의 말대로 '노력파 발명왕'이었다. 아이디어가 떠오르면
일단 실험부터 했고, 몇 백 번의 실패 끝에 새로운 것을 발명해 냈다.
헛간에서 병아리를 부화시키기 위해 달걀을 품었던 일화의 에디슨이
노력형 천재라면, 니콜라 테슬라는 순간의 영감을 지나치지 않고 아
이디어로 구체화시킨 '타고난 천재'였다. 어린 시절의 테슬라도 에디
슨 못지않게 괴짜로 유명했다. 한번 읽은 책은 단어 하나까지 모조리
외웠으며, 음식을 먹으면서도 맛을 음미하기에 가장 적합한 부피를
계산하느라 식구들에게 면박을 받기 일쑤였다. 두 괴짜 라이벌 덕분
에 현대 인류는 밤을 낮처럼 환하게 밝히고 살아갈 수 있게 됐다. 이처
럼 라이벌은 경쟁을 가장 경쟁답게 만드는 경쾌한 엔진이다. 세계사
를 가만히 들여다보면 라이벌이 얼마나 가치있는 존재인지 잘 알 수
있다. 고대 그리스 도시국가 아테네와 스파르타는 패권 경쟁을 통해
지중해 문명권을 당대의 중심으로 만들었다. 항우와 유방의 경쟁으로
진나라의 폭정은 더 일찍 종식될 수 있었고, 제갈량과 사마의는 치열

한 두뇌경쟁으로 군사 전략의 새로운 차원을 열었다. 독일의 자부심 벤츠와 BMW는 오랫동안 명차의 선두주자 자리를 놓고 경쟁한 끝에 서로를 세계적인 강자의 반열로 끌어올렸고, 샤넬과 에르메스, 루이비통 등 명품 브랜드들도 혁신적인 디자인 경쟁을 벌이며 시장을 주도하고 있다. 일본을 좇기 위해 안간힘을 기울이던 우리나라가 어느새 세계 무대에서 경제선진국의 대열에 서 있는 것도 이러한 맥락에서 해석할 수 있다. 강대국들이 몰려있는 우리나라의 지정학적 위치를 불리하다고 할 것이 아니라, 오히려 감사해야 할 일이 아닌지 다시 생각해본다. 힘센 경쟁자를 두려워하거나 멀리하지 않고 기꺼이 품을 수 있어야 정상에 오를 수 있다.

탄소중립은 [편의를 잠시 내려놓기] 다

자전거 타기, 걷기로 기후환경에 기여 노력

탄소중립과 ESG경영 시대를 맞이해 대중교통을 이용하거나 친환경 걷기 캠페인 등이 자주 벌어지고 있다. 지금처럼 도로를 가득 메운 자동차 포화 상태가 지속되는 한, 글로벌 사회가 펼치는 기후환경 보존 노력이 무의미해진다는 자각이니 쌍수를 들어 환영할만한 일이다. 캠페인의 효과는 걸어야 할 사람이 걷는 것보다, 걷지 않던 사람, 걷지 않을 것 같은 사람들이 걷는 데에서 더 크게 일어난다. 고위 공직자나 기업의 리더들이 대중교통으로 출퇴근하거나 자전거나 도보로 이동하는 상징적 행동들은 그래서 파급력을 크게 획득한다. 건강관리를 위해서라도 리더나 CEO들이 걷는 모습을 자주 보고 싶다. 2050년까지 탄소중립을 달성하기 위해 세계 각국은 국가온실가스

감축목표(NDC)를 세우고 있다. 미국과 유럽도 수송부문의 탄소중립을 위해 대중교통을 확대할 계획이다.

탄소중립은 거스를 수 없는 시대적 흐름이다. 사진은 환경을 지키기 위한 지역 봉사 모습.

하지만 우리나라는 국제적인 흐름에 오히려 역행하고 있다. 대중교통 수송분담률은 10년 째 제자리 걸음이다. 대중교통 정책은 시민 이동의 자유뿐만 아니라 소외계층의 이동권을 보장하기 위한 복지정책이기도 하며, 수송부문의 탄소배출과도 깊이 연관되어 있다. 1km 이동을 기준으로 할 때 교통수단별 탄소배출량은 승용차 210g, 버스 27.7g,

지하철 1.53g으로 대중교통이 승용차에 비해 현저히 낮다. 독일이 9유로 티켓을 판매하는 동안 우리 정부는 유류세를 인하했고, 그 규모는 9조 원에 달한다. 서민을 위한다는 이 정책은 오히려 상대적으로 휘발유·경유를 많이 소비하는 고소득층과 정유회사에 이득이 됐다.

매년 3월은 신비한 변화가 시작되는 철이다. 언 땅이 녹고 겨우내 마른 나무에 생이 깃들어가는 평화의 계절이다. 3월을 뜻하는 March의 라틴어 어원이 전쟁의 신 마르스(Mars)에서 비롯된 사실을 무색케 만든다. 고대 로마에서는 미뤄뒀던 전쟁을 봄에 다시 시작하는 일이 잦았다고 한다. 축복의 시즌에 전쟁이라니, 놀라는 사람들도 더러 있을 법하다. 하지만 경제적 관념에서 보면, 물자가 부족했던 고대의 전쟁은 파괴보다 생산에 더 가까웠다. 공동체의 번영을 위해 더 많은 자원이 필요하고, 움츠렸던 몸에 활력을 공급하기 위해 더 많은 에너지가 필요했으니, 전리품을 챙기는 그네들의 전쟁은 실상 경제활동과 크게 다르지 않았다. 3월의 기운을 받아 만물이 깨어나는 과정도, 일견 전쟁처럼 처절한 면이 있다. 은신과 매복에 능한 봄의 씨앗이 두껍게 얼어있던 동토의 제국을 조금씩 깨뜨리고 여기 저기 새순의 깃발을 올리면, 이미 힘을 잃은 동장군은 조용히 퇴각하기 시작한다. 꽃샘추위로 마지막 심술을 부려보지만, 노도같이 밀려오는 봄의 기세를 감당할 수는 없다. 인고의 세월을 견딘 백성들에게 승전보가 전해지고, 기쁨을 이기지 못한 꽃들의 현란한 축제가 펼쳐져 개선행렬이 장관을 이룬다. 이처럼 벅차고 눈부신 햇살의 시대를 누리기 위해서는 무엇보다 준비 과정이 탄탄해야 한다. 한 해 농사를 시작하는 농부들은 억센 팔뚝과 튼튼한 종아리로 밭을 갈고 거름을 나른다. 어느 조직이든 리더의 건강은 미래를 담보하는 자산이다. 조직의 구성원들은 앞장선 리더의 힘찬 발걸음과 우렁찬 외침을 통해 가능성을 확인한다. 리더의 생기 넘치는 미소가 백 마디 말보다 더 큰 확신을 심어주고, 등을 두드려주는 강건한 손길이 목표를 향해 달려가는 동력을 생산한다. 전국시대 조나라 명장 염파는 80세가 넘은 노구에도 불구하고, 한 말 밥과 열 근 고기를 먹었다. 흰 수염을 휘날리며 말을 달리는 염파의 지휘로 조나라 무적 군단은 이웃의 강대국 진나라마저 두렵게 만들었다. 후한의 복파장군 마원도 염파 못지않게 건강한 리더십을 보여준 인물이다. 나이 든 장수의 출정을 걱정하는 황제 앞에서 늠름하게 말을 달린 마원은, 부하들에게 자신의 건재함을 증명했고 불패신화의 명장으로 우뚝 섰다. 건강한 리더는 미래가 확실한 조직의 상징이나 다름없다. 리더의 직분을 수행하고 있는 사람들은, 왜 제갈공명이 자신의 죽음을 감추기 위해 인형을 만들어야 했고, 이순신 장군이 무슨 이유로 "내 죽음을 알리지 말라"고 당부했는지, 왜 간혹 서구의 대통령들이 반바지 차림으로 대중들 앞에서 조깅을 하는지, 기업 총수의 건강 이상설에 주가가 휘청거리는지 잘 알고 있다. 리더의 건강은 공공재(公共財)라고 불러도 좋을 자산이다.

반전은 [견디는 힘] 에서 나온다
대중교통 요금 인상, 움츠러든 서민경제

지하철·버스·택시·항공요금 등의 운송서비스 물가가 지난해 같은 달보다 9.1% 올라 전체 교통 물가를 견인하고 있다. 지난달 운송서비스 물가상승률(9.1%)은 2007년 4월(9.3%) 이후 16년 6개월 만에 최고치다. 운송서비스 세부 항목을 살펴보면 지하철 요금인 도시 철도료가 9.2% 오르면서 철도 여객수송 물가가 6.3% 올랐다. 2016년 6월 8.6% 오른 이후 최고 상승률이다. 시내버스료(11.3%), 시외버스료(10.2%), 택시료(20.0%)가 포함된 도로 여객수송 물가도 지난해 같은 달 대비 13.8% 올랐다. 1998년 12월 19.7% 오른 이후 24년 10개월 만에 가장 큰 폭으로 올랐다. 올해 8월(11.6%)과 9월(11.9%)에 이어 3개월 연속 두 자릿수대 상승률을 나타냈다. 반면 항공이나 여객선 비용인 항공·수상여객 운송 물가는 3.0% 하락했다. 택시비와 버스·지하철 요금은 작년 12월부터 연쇄적으로 인상됐다. 통계청에 따르면 택시비는 작년 12월 서울과 청주·충주에서 심야할증이 확대됐다. 기본요금은 올해 1월 울산·대구부터 2월 서울, 6월 부산·경남, 7월 경기·인천·광주·대전, 8월 충북·전북·경북, 9월 안동·충남에서 올랐다. 시내버스료는 1월 강원, 8월 서울·울산, 10월 인천·부산에서 올랐다. 시외버스료는 지난해 11월과 올해 7월에 올랐다. 지하철 요금은 10월에 일제히 인상됐다. 수도권(서울·경기·인천)은 일반 1천250원에서 1천400원으로 조정됐다. 춘천·천안·아산·부산·양산에서도 올랐다.

고금리, 고유가, 고물가 시대를 맞아 경제 한파가 옷깃을 여미게 만든다. 하지만 우리는 지금보다 더 암울했던 시절도 견뎌냈던 저력이 있다. 경험의 힘은 의외로 강력하다. 지난 90년대 말, 외환위기로 당장이라도 온 나라가 부도위기에 처할 것 같은 위기감에, 똘똘 뭉친 한국인들은 사상 유례없는 'IMF 조기 졸업장'을 당당히 거머쥐고 전 세계를 경악시켰다. 장롱 속에 깊이 간직했던 금붙이를 기꺼이 꺼내들었고, 과감한 구조조정으로 방만했던 나라와 기업, 각 가정의 살림살이를 환골탈태(換骨奪胎) 시켰다. 위기를 오히려 기회로 역전시켰던 우리들의 자랑스러웠던 기억을 되새겨볼 대목이다.

찬란한 연꽃은 진흙탕에서 피어나고 영롱한 유리의 아름다움은 자지러질 뜨거움을 견디어 완성된다. 식상한 표현 같지만 초심으로 돌아갈 때, 고통과 신난의 과정이 덤덤해진다. 거칠고 황량한 초원의 용사들은 잃을 것이 없었기에 거대한 몽골제국을 건설했고, 파도가 높아 연안 어업도 힘들었던 스코틀랜드는 자국의 바다를 저주받았다고 욕하지 않은 덕분에 조력과 파력 발전의 메카로 거듭날 수 있었다. 풍차의 나라로 이름난 네덜란드는 틈만 나면 덮쳐오는 바닷물과 벗을 삼는 과정에서 제방을 쌓는 기술의 일가(一家)를 이뤘다. 혹독한 환경이 오히려 반전의 성과를 이룬 출발점으로 작용한 예는 이외에도 더 많다. 중국의 다양한 차(茶) 문화는 탁한 식수를 극복하기 위한 자구책이었고, 프랑스의 향수는 열악했던 중세 상하수도 인프라의 산물이다. 거리 곳곳에 널린 배설물을 피하기 위해 고안된 패션 소품이 오늘날 여성들의 필수품 하이힐인 것이다. '필요는 발명의 어머니'라고 하

지 않는가? 작용은 반작용을 낳고 자극은 호르몬 분비 촉진의 모티브
가 된다. 사기(史記)의 한 구절을 읊조리면, '창랑의 물이 맑으면 갓끈
을 씻고, 물이 흐리면 발을 씻는다'고 했다. 추우면 추울수록 따끈한
국물이 더 맛있어지고 이불 속의 온기가 더 포근해지는 법이다. 움츠
러들 이유가 전혀 없다.

노형욱 전 국토교통부 장관(오른쪽)과 함께 업무 협의하는 모습

상생은 [불편을 끌어안는 포용력] 이다
교통약자 이동권 보장하는 선행 기부

경기주택도시공사가 최근 교통약자 이동권 보장을 위해 차량 기부 사업을 펼쳐 눈길을 끌었다. GH는 수원시 권선구 본사에서 사단법인 경기도 시각장애인연합회와 업무협약을 맺고 휠체어 전용차량 3대를 포함한 승합차 5대 구입 및 개조 사업에 쓰일 기부금 2억 원을 지원하기로 했다고 밝혔다. GH는 도내 소외된 지역에 신규 차량 배차를 지원하고 노후 차량을 교체해 주는 사업을 후원함으로써 올해 도정 목표이자 민선 8기 공약 중 주요 정책 목표인 장애인 이동권 보장에 힘을 보탤 예정이다. 장애인 단체가 출퇴근 지하철에서 시위를 벌이자 곱지 않은 눈길을 보내던 대중적 시각과는 사뭇 달라 GH의 행보가 더 주목된다.

지도자란 무릇 사심과 사욕으로부터 자유로울 뿐 아니라, 구성원들에게 한없이 헌신해야 한다는 게 동양 윤리론의 기대치다. 누구에게나 균등한 기회와 자유를 보장해야 한다는 게 서양 윤리관의 바탕이다. 우리에게 지금 필요한 것은, 헌신과 균형의 리더십이다.

교통 인프라 구축 과정에서 전문가들이 지속적인 관심을 보여야 완성도가 높아진다.
사진은 별내역 공사 현장을 찾은 모습.

역사적으로 헌신과 균형의 리더십을 가장 극명하게 보여준 인물은

광화문 광장이 위치한 세종로의 주인공 세종대왕이다. 자기 절제와 독서 습관으로 무장한 조선의 오너 CEO 세종은 탁월한 전문경영인 황희, 풍류재상 맹사성, 엄격한 원칙주의자 허조 등 쟁쟁한 임원을 거느리고 김종서, 박연, 장영실, 정인지 등 자신의 분야에서 일가를 이룬 천재급 팀장들과 국가를 경영했다. 신숙주, 성삼문 등 젊고 능력 있는 사원들도 자신의 재능을 아낌없이 쏟아 부었다. 5천년 역사를 통틀어도 유례가 없는 세종 시절 '베스트 캐비닛(Best Cabinet)'의 비결은 리더가 팔을 걷어붙이고 혁신의 가장 앞줄에 선 '솔선수범' 이었다. 만약 세종이 뒷짐 지고 이래라 저래라 말로만 참견하는 방관형 리더였다면, 역대급 재능을 가진 인재들도 실망으로 몸을 사리고 꾀를 부렸을지 모른다. 세계사에 길이 남을 한글 창제는 물론 자격루, 앙부일귀, 측우기, 농사직설, 의방유취 등 당대의 업적들은 모두 세종의 철저한 현장경영에서 비롯되었다. 헌신과 솔선수범 못지 않게 지금 우리에게 필요한 덕목은 포용력과 관용이다. 적대적이고 호전적인 선동은 결코 국민통합에 이로운 결과를 가져다주지 않는다. 상대방을 죽여야 내가 사는 제로섬 게임의 사고방식으로 융합을 기반으로 삼는 4차 산업혁명 시대의 패러다임에서 생존할 수 있을까?
로마제국과 몽골제국의 역사적 사례는 현대인들에게도 반면교사다.
지중해의 작은 도시국가에서 출발한 로마가 전 유럽과 북아프리카,
소아시아까지 광활한 대제국을 이룩한 원동력은 오픈 마인드에서
비롯되었다. 정복한 속주의 주민들에게 로마 시민권을 인정한 그들의
통 큰 결단이 천년 제국 로마의 기틀로 다져진 것이다. 몽골제국의
징기스칸도 마찬가지다. 잔혹한 정복자로만 불렸을 것 같지만,
사실 이 너그러운 군주는 적국이었던 요나라 왕족 출신 야율초재를
과감하게 재상으로 등용하는 리더십을 보여줬다. 아버지를 죽인
원수 메르키트족에게 아내가 붙잡혀갔다가 돌아온 뒤, 적의 씨앗을
낳았지만 자식으로 인정하고 다른 아이들과 똑같이 양육까지 한다.
그릇이 이 정도는 되어야 위대하다는 찬사를 듣는다.

협업은 [역할을 나누는 시너지] 다
상생으로 도약하는 해운-조선업계

"한진해운 사태 이후 해운업계와 조선업계는 상생 협력을 통해 위기에서 벗어나 작년 최고 실적을 기록할 수 있었다. 세계 4위의 해운산업과 세계 1위 조선산업의 강점을 살려 탈탄소 규제 및 ESG 경영 강화 흐름에 발맞춰 나갈 수 있도록 힘과 지혜를 모은다면, 우리나라는 명실상부한 해양강국으로 도약할 것이다."

박성훈 해양수산부 차관은 국회 의원회관에서 열린 '해운산업 경쟁력 강화를 위한 국회 정책세미나'에 참석해 발언한 내용이다. 이번 정책세미나는 국제적으로 점차 강화되고 있는 탈탄소 규제에 대응해 해운산업의 친환경선박 전환 촉진 방안을 논의하기 위해 마련됐다. 김희곤·최형두 국민의힘 의원과 위성곤 더불어민주당 의원이 공동으로

주최했고, 한국해운협회·한국중소조선공업협동조합·한국조선해양기

자재공업협동조합·한국해양진흥공사·산학연 전문가들이 참석했다.

세미나에 앞서 한국해운협회·한국중소조선공업 협동조합·한국해양

진흥공사는 친환경 선박 확보를 위한 해운-조선-금융 상생협약을

체결했다. 이번 업무협약 체결로 선사는 친환경 선박 발주를 늘리고,

조선업계는 고품질 친환경 선박을 경쟁력 있는 가격에 제공하며, 한국

해양진흥공사는 친환경 선박금융 지원을 확대하는데 협력하기로 했다.

우리 당의 젊은 인재들이 활약하는 모습은 언제나 신선한 충격을 던져준다.
김광진 광주광역시 문화경제 부시장(왼쪽)과 함께.

기후변화 글로벌 공조 움직임에 따라 친환경 선박으로 전환을 꾀해야
하는 시점에서 해운업계와 조선업계의 상생 추진은 매우 중요한 의제
다. 지속적인 협력과 상생의 길을 모색하는 자리가 자주 마련된다면
두 손 들고 반길 일이다.

한 명의 힘이라도 아쉬운 지금, 반드시 필요한 것은 승자의 통 큰
지혜다. 목표를 향해 홀로 전진하는 노정에서 동반자(Companion)
는 짐을 나눌 수 있는 든든한 존재다. 넓은 의미에서 진정한 동반자는
서포터를 초월해 라이벌(Rival)까지 포함한다. 공정한 룰에 따른
경쟁을 통해 나를 분발케 만드는 라이벌은 배타적 의미보다 동지애의
속성으로 이해하는 것이 마땅하다. 인류는 오랜 역사의 모든 장마다
경쟁을 통해 새로운 패러다임으로 도약한 기적을 보여주고 있다.
북아시아 초원에서 최초의 제국을 건설한 스키타이의 대이동은
또 다른 유목민족 흉노와의 경쟁으로 촉발되었다. 흉노에게 밀린
스키타이는 발달된 철기문명을 간직한 채 유럽으로 이동했고
서방 민족들에게 위협과 자극을 함께 선물했다. 리디아와 메디아,

바빌로니아 등 소아시아의 강자들은 스키타이에 쫓겨 그리스 도시국가들을 위협했고, 기마 전술 방어에 효과적인 방진을 창안한 스파르타와 아테네 등이 지중해의 패권을 차지하게 됐다. 약 1천 년 뒤에는 훈족의 이동이 유럽 세계를 강타했다. 강력한 중국 왕조의 등장으로 유럽을 침공한 훈족의 이동은 로마의 변방에 살고 있던 게르만족에게 일대 사건이었다. 다급한 게르만족은 로마제국의 영토를 넘을 수밖에 없었고, 살아남기 위해 절대강자에게 칼끝을 겨눴다. 오랫동안 견제 없이 안주했던 로마제국은 멸망했고 게르만족은 유럽 곳곳에 독립된 왕국을 건설하며 세계사의 중심으로 부상했다. 스키타이의 침공이 아니었다면 지중해 패권국가 아테네와 스파르타의 등장이 가능했을까? 훈족의 이동이 없었다면 게르만족이 서방 세계의 맹주로 등장할 기회조차 없었을지 모른다. 국가 간의 경쟁에서만이 아니라, 기업들이 주역인 비즈니스 정글에서도 이런 사례는 비일비재하다. 벤츠와 BMW, 페라리와 람보르기니는 오랫동안 명차의 선두주자 자리를 놓고 경쟁한 끝에 서로를 세계적인 강자의 반열로 끌어올렸다. 메이저리그의 뉴욕 양키스와 보스턴

레드삭스가 오랜 앙숙처럼 보이지만 이들 구단이 명문으로 자리잡을 수 있었던 배경도 치열한 경쟁 덕분이다. 진정한 동반자 관계 개념 정립을 위해서는 힘센 경쟁자를 품을 수 있는 도량이 필요하다.

조국 전 법무부장관과 함께.

최악은 [최고의 출발점] 이다
부정적 전망에 우울한 건설업계

올 한 해 건설업계를 괴롭힌 고금리와 자잿값 등 공사비 인상은 내년에도 해소될 기미가 지금으로선 보이지 않는다. 부동산 경기 회복이 불확실해 PF 우발채무의 현실화 위험도 다시 높아질 가능성이 존재한다. 부동산 시장 전망도 여전히 어둡다. 주택산업연구원이 발표한 11월 주택사업 경기 전망지수 68.8p로 올 2월 이후 9개월 만에 60대로 낮아졌다. 100을 기준으로 수치가 높을수록 주택시장에 대한 긍정적 전망이 많고 낮을수록 부정적 전망이 많다는 의미다. 고금리가 장기화하고 정부의 엄격한 대출규제 잣대가 이어지면서 매수 심리 회복도 요원한 상태에서 건설업계는 2024년을 앞두고 초긴장 상태에 놓여있다.

교통 정책 수립에서 현장의 경험은 무엇보다 중요하다.
현장을 모르면 '책상물림'의 단편적 지식에서 벗어날 수 없다.

아침 저녁으로 수상하던 찬바람이 마침내 매섭고 시린 기운을 몰고
와절로 옷깃을 여미게 만든다. 산야의 초목들도 화려한 녹음을 벗고
닥쳐올 시련을 견디는 준비에 한창이다. 한여름 싱그러웠던 잎들이
빨갛고 누런 빛깔로 존재감을 과시하며 마지막 불꽃을 사른 뒤
낙엽으로 지고 이제 나무는 앙상한 가지만 남았다. 겉으로 보기에는
좋은 날이 가고 모진 시절이 찾아오는 것 같지만, 당나라의 선사 운문
문언은 이렇게 읊었다. "봄에는 백화가 피고 가을에는 달이 밝고,

여름에는 시원한 바람이 불고 겨울에는 흰 눈이 내리네. 쓸데없는 일에 마음 쓰지 않으면, 그것이 곧 인생의 좋은 시절." 불교 선종의 5가(家) 중 '운문종'을 창시한 대종사의 그릇은 이렇게 드넓기만 하다. '인생의 모든 날이 좋다'고 찬미한 그의 게송(揭頌)은, 무한긍정을 강조하는 현대 경영학의 리더십 이론과 매우 닮아 있다. '위기는 곧 기회다', '바닥을 찍었다. 이제 올라갈 일만 남았다.', '첫 게임에 진 것은 매우 다행이다. 연속으로 질 확률은 50% 보다 낮기 때문에 우리는 이길 수 있다.' 수없이 쌓인 통계를 바탕으로 과학의 영역에 자리 잡은 경영학에서 이처럼 역설의 미학이 살아 숨 쉬고 있는 것 자체가 신기하다. 세계적인 글로벌 기업 GE의 가장 소중한 자산은 기발한 아이디어의 특허나 많은 전문가들에게 정평이 나 있는 경영 시스템이 아니다. 제품의 불량이나 고장, 시장에서의 부진 등 경영상의 실패 기록들이 이 회사를 오랫동안 리딩 기업의 자리에 우뚝 서게 만든 숨겨진 비밀이다. 클렘 러바인이라는 야구선수의 주특기는 예술적인 각도의 커브였다. 그의 커브는 사고로 손가락을 다쳐 장애를 갖게 된 데서 비롯됐다. 이처럼 역설의 긍정에서 싹 튼 동력은 종종 반전의 기적과 신화를 만들어낸다. 그렇게 만들어진 신화는 역사가 되고, 뒤따르는 이들에게 보고 배울 전범(典範)으로 기억된다. 11월은 유난히 약소국의 독립기념일이 많이 몰려 있는 달이다. 인구 10만 명도 안 되는(94,731명) 카리브해의 작은 나라 〈앤티가 바부다(1일)〉를 비롯해, 파나마·도미니카·마이크로네시아 연방(3일), 캄보디아(9일), 폴란드·앙골라(11일), 라트비아(18일), 레바논(22일), 수리남(25일), 모리타니(28일), 알바니아(29일), 바베이도스(30일) 등 다소 생소한 이름의 나라들이 모두 11월에 소중한 주권을 되찾고 희망의 발걸음을 시작했다. 비록 전 세계의 축하를 받는 떠들썩한 날은 아닐지라도, 그 나라 국민들에게는 어떤 날보다 뜻깊은 '홀리데이(Holiday)'일 것이다. 스산한 11월만 기억하는 것은 역설에 대한 무지다.

파트너십은 [어려울 때 받는 격려] 다
서비스 동맹 맺은 거인들, 현대차 &아마존

현대자동차가 미국 정보기술(IT) 기업 아마존과 새로운 고객 경험을 위한 파트너십을 맺었다. 내년부터는 현대차를 아마존에서 판매하고, 향후 북미 지역에 출시되는 차량에는 아마존의 음성기반 인공지능 (AI) 비서 서비스 알렉사를 탑재한다. 현대차는 아마존과 최근 미국 LA 컨벤션센터에서 열린 '2023 LA 오토쇼'에서 고객에게 혁신적이고 새로운 경험을 제공하기 위해 광범위하고 전략적인 파트너십을 발표했다고 밝혔다. 파트너십에는 아마존에서 온라인 자동차 판매, 아마존 웹 서비스를 클라우드 우선 공급업체로 선정, 향후 현대차 신차에 아마존 인공지능 비서 '알렉사' 탑재 등 다방면에서의 협력이 포함됐다. 우선 현대차와 아마존은 이번 업무협약을 통해 내년부터 미국에서 아마존을 통해 현대차의 차량을 판매한다. 현대차는 고객이 아마존에서 차량을 구매할 수 있는 첫 번째 브랜드다. 현대차는 2025년부터 미국에서 출시하는 신차에 아마존의 AI 비서 알렉사를 탑재할 예정이다. 고객은 알렉사에게 음악·팟캐스트·오디오북 재생, 알림 설정, 일정 수정, 달력 확인 등을 요청할 수 있다.

청와대 동료, 각종 인연으로 맺어진 지인들은 내 삶을 풍요롭게 만드는 자산이다.

온정의 작은 손길이 모이는 훈훈함의 기적을 흔히 '십시일반(十匙一飯)'이라는 사자성어로 표현한다. 다산 정약용의 〈이담속찬(耳談續

纂)〉에 수록된 우리 전래속담에서 유래된 말로, 원전(原典)은 '십반일시 환성일반(十飯一匙 還成一飯)'이다. '열 사람이 한 숟가락씩 덜어 밥 한 그릇을 만든다'는 뜻인데, 먹을거리가 넉넉지 못한 가운데에서도 나눔을 실천했던 우리네 정겨운 풍속이 한 폭의 그림처럼 떠오른다. 산업 생태계에서도 현대판 '십시일반'을 찾아볼 수 있다. 아이디어와 기술력은 있지만 자본이 없는 스타트업 기업이 종종 활용하는 '크라우드 펀딩(Crowd Funding)이 그것이다. 초기에는 주로 수익성보다는 영화나 공연예술 분야를 후원하기 위해 시작됐지만 지금은 벤처기업이나 사회 공공 프로젝트로 널리 확산되고 있는 추세다. 크라우드 펀딩의 혜택을 받은 작은 햄버거집 사장이 더 큰 기업가가 되어 또 다른 크라우드 펀딩의 샘이 될 것이고, 한 방울씩 퍼 올린 작은 물줄기들은 냇물을 이루고 마침내 큰 강으로 흘러 옥토를 만들며 대양으로 돌아갈 것이다. 상생의 선순환, 그것은 늘 누군가의 작은 온정에서 시작된다. 하지만 시작이 좋으면 과정도 좋을 것이라는 기대는 섣부르다. 상호 노력이 전제되어야 하기 때문이다. 한쪽이 다른 쪽을 홀대하면서 나에게만 미소를 지어주기 바란다면 지나친 억지다.

'파트너십(Partner Ship)'이란 '공동 상속자(Partner)'들이 한 배(Ship)를 타고 같은 목적지로 항해하는 것을 뜻한다. 함께 지도를 들여다보고 거친 파도를 헤쳐 가는 동반자로서의 파트너십이 아니라면, 차라리 다른 배를 타는 것이 더 낫다. 상호존중의 기반에서 진정한 파트너십이 구축되기를 희망하지만 늘 좋은 결말을 맺지는 못한다. 파트너들이 선의와 악의로 갈리는 계절은 2월이다. 2월을 뜻하는 영어 February의 기원이 로마시대의 속죄의식, 페브루아(Februa)에서 비롯됐기 때문이다. 그 흔적이 아직도 남아있는 영역은 기업의 회계장부다. 새로운 회계연도를 맞이하기 앞서, 2월까지 모든 결산을 끝내고 기업의 수확을 주주들에게 공개하는 주총을 준비한다. 한 해 동안 고생한 결과물이 그득 담겨 자랑스러운 성적표를 확인하는 흐뭇한 풍경도 있겠지만, 당당한 얼굴로 주총에 들어서지 못하는 경영진들의 우울한 실루엣도 찾아볼 수 있을 것이다. 낙담한 경영진의 어깨를 두드려 격려해주는 이들이 진정한 파트너다.

맞지 않는 유일한 방법은 [선제적 대응] 이다
공공과 민간의 시대적 화두, 기후변화 대응전략

기후위기 대응을 위한 탄소중립 녹색성장법이 국회를 통과해 우리 나라도 세계 14번째 탄소중립 이행이 법제화됐다. 신기술 상용화와 확산 인센티브, 전문인력 양성, 기후대응기금 신설 등 실질적인 대책 이 뒷받침되어야 하는 것은 물론, 새로운 무역질서에 편입하기 위해서 는 중앙정부와 지방정부, 각 도시들의 선제적 대응뿐만 아니라 기업들 의 ESG경영 노력에 대한 지원을 아끼지 말아야 한다. 시대가 변한 것 을 분명히 인식하고 먼저 움직여야 살아남는다. 따라가는 행보는 결국 뒤처지는 존재로 전락하는 것을 막을 길이 없다. 공공의 늑장 변화가 민간의 발목을 잡는 일이 없도록 해야 하는 것은 물론, 변변한 대응책 도 준비 못한 중소기업들의 든든한 우군으로 제 역할을 다해야 한다.

국회 토론회에서 각계 전문가들과 의견을 주고 받는 것은 늘 즐겁다. 새로운 정보를 얻게 되는 현장이기 때문이다.

전통적 사고방식이 모두 낡은 것은 아니지만, 낡은 방식은 대개 예전의 유물이다. 규모의 경제를 중시하던 산업화 시절만 해도, 시대가 추구하는 미덕을 성실과 노력, 이 두 가지 단어로 압축할 수 있었다. 극단적으로 표현하면 '덜 자고 덜 먹고 덜 쉬는 것'이 잘 사는 유일한 방법이었다. 모은 것은 저축하고, 헤진 것은 기워 쓰고, 아끼고 안 쓰는 '자린고비'로 살아야 칭찬을 받을 수 있었다. 자식들은 새벽같이 나가고 밤늦게 돌아오는 아버지의 얼굴도 제대로 보기조차 어려웠고, 잠결에 얼굴을 쓰다듬는 거친 손길로나마 안타까운 부정 (父情)을 어렴풋이 짐작할 수 있었다. 성공 강연에서는 하루에 2~3 시간 자고 구두가 너덜너덜해질 때까지 발로 뛰었다는 무용담이 주를 이뤘다. 과거의 미덕을 열정과 의지, 도전정신으로 되살리고 이어받는 것은 아직도 유효하다. 하지만 시대의 가치가 일과 삶의 균형으로 변화되고 있는 도도한 흐름을 제대로 읽지 못한다면 미래를 좌우하는 인재 선발에서부터 뒤처질 수 있다. 인류의 역사를 바꾼 획기적인 아이디어는 종종 연구실보다 목욕탕이나 한가로운 산책길에서 탄생했다는 사실을 잊지 않아야 한다. 구성원들에게는 여유를 주되, 리더는 언제나 최악의 상황을 가정해 시뮬레이션을 거듭하며 대응책을 마련해야 한다. 항공기에 낙하산을 비치하거나 선박에 구명튜브를 매달아 놓는 것을 당연하게 여기는 것처럼 말이다. 실제 사용할 수량보다 넉넉하게 여분의 낙하산이나 구명튜브를 준비하는 것을 '유비무환'이라고 부른다. 지혜로운 이들은 여기서 한 발 더 나아가 가장 튼튼한 낙하산과 구명보트를 확보한 뒤 '안전한 여행길'을 대대적으로 선전한다. '선제적 대응'이라고 불러야 마땅한 발상의 전환이 지속적으로 촉진되어야 조직의 미래가 밝아진다. 시장을 주도하는 선제적 대응전략을 구축하기 위해서 리더의 시각은 미래에 맞춰져 있어야 한다. 구성원들도 리더를 보고 배우기 때문이다. 주야장천 기출문제 해법만 암기했던 수험생은 미처 예상치 못한 함정문제를 만나면 당황해 실수를 연발하고 시험을 망치기 마련이다. 스스로 예상문제를 출제하고 해답을 제시할 수 있을 때 비로소 자기주도 학습을 완성했다고 할 수 있다. 시장에서 예상되는 모든 변수를 고려하여 완벽한 리스크 테이킹을 할 수 있어야 생존이 가능한 시대다. "그럴만한 여력이 없었다"는 변명이 나온다면, 선제적 대응 전략을 세울 준비가 되지 않은 것이다. 현대의 디지털 트렌드를 이끌고 있는 디바이스 융합과 IOT는 당대의 혁명적 발상, '유비쿼터스'에서 비롯됐다. 복사기 회사로 유명한 제록스의 마크 와이저 이사가 주창했지만, 아이러니컬하게도 그가 몸담았던 회사에서는 사장될 위기를 겪었다. 코닥과 후지 등 아날로그 필름을 만들던 공룡기업들의 임원들이 디지털 카메라의 존재를 묵살했었던 것과 같은 운명에 놓였지만, 제록스는 과감히 혁신의 길을 선택해

솔루션 기업으로 거듭나는 데 성공했다. 시장에서 살아남는 유일한 길은 바로 선제적 대응 전략뿐이다.

임종성 더불어민주당 경기도당 위원장(오른쪽)과 함께.

최고의 경쟁력은 [혁신] 이다

민관 협력의 교통혁신 기반 구축

민관 공동의 노력으로 도로교통의 혁신 기반이 구축될 전망이다.
도로교통공단은 실시간 교통신호 정보 기반인 차별화된 모빌리티
서비스를 통해 국민의 편의를 증진하고 교통 안전 향상에 나선다.
최근 공단에 따르면 경기도 화성에 위치한 남양기술연구소에서
경찰청, 현대차·기아와 '미래 모빌리티 시대 대비 데이터 융복합
기반의 교통안전 증진을 위한 업무 협약'을 맺었다. 협약에 따라
도로교통공단은 경찰청과 함께 전국 지자체가 관리하고 있는 약
1,200여 개 교차로의 실시간 교통 신호 데이터를 현대차·기아에
제공한다. 도로공단에서 실시간 신호정보를 활용할 수 있도록 관련
기술과 표준을 개발해 정부가 관리하는 교통 신호 정보를 모빌리티

기업에 공유할 수 있게 됐다. 현대·기아는 경찰청, 도로교통공단과 함께 실시간 신호 정보 시스템을 구축해 전국 도로 위를 달리고 있는 차량 교통 데이터와 융복합을 거쳐 원활하고 안전한 도로 환경을 조성키로 했다.

무한경쟁의 시대 속에서 냉혹한 경쟁자들에게 진절머리난 현대인들은 더욱 인간적인 냄새를 갈망한다. 동탁 암살에 실패해 달아나던 조조는 측근인 진궁과 함께 아버지의 오랜 벗 여백사의 집으로 피신한다. 손님을 대접하기 위해 돼지를 잡으려고 마당에서 칼을 갈던 여백사의 가족들은 조조의 오해 때문에 몰살을 당하게 된다. 조조는 멀리 장에 나가 좋은 술을 구해 돌아오던 여백사마저 증거를 남기지 않기 위해 죽인 뒤, "내가 세상을 버릴지언정, 세상이 나를 버리게 내버려두지 않겠다"며 잔인한 대사를 읊조린다. 결국 진궁은 머리를 절레절레 흔들며, 훗날 천하 통일의 기초를 닦은 영웅 조조의 곁을 떠나간다. [삼국지연의] 를 통해 독자들에게 가장 사랑받는 인물은 유비다. 때론 덜렁거리고 모자라 보이기도 하지만 인간적인 매력의 유비에게 관우, 장비, 조운, 황충, 제갈량, 법정 등 기라성 같은 장수와 재사들이 기꺼이 충성을 바쳤고, 촉나라를 떠받친 기둥이 되었다. 인간적인 매력을 보여주는 것이 곧 최고의 제안이다. 휴머니즘과 아울러 다른 이들을 감복시킬 최고의 무기는 풍부한 전문지식이다. 일각이 여삼추라는 말이 있다. 세 번 가을을 찾아온 것처럼 쏜살같이 지나가는 시간을 가리킨다. 급변하는 세상에서 우리는 일각을 소중히 여기며 지식을 습득하고 살아야 한다. 15분 남짓의 짧은 시간을 일각(一刻)이라 말한다. 온 몸에 촉수를 달고 급변하는 시대를 읽어내야 하는 우리에게 '일각(一刻)'은 '일각(一覺)'하기에 충분한 시간이다. 적어도 15분에 한 번 놀라움을 주지 못하는 학습은 시간 낭비다. 동서양에 걸친 대제국을 건설한 마케도니아의 알렉산더 대왕도 어린 시절부터 늘 곁을 지켰던 아리스토텔레스라는 스승 덕분에, 무용에 치우치지 않고 현명한 지혜를 발휘할 수 있었다. 페르시아를 정복한 뒤 패배한 왕실의 가족들을 후대한 그의 관용은, 단순한 너그러움이 아니라 적은 수의 군대로 넓은 정복지를 다스려야 하는 치밀한 전략적 판단에서 비롯된 것이다. 전장에 나갈 때마다 읽을 책을 챙겼던 나폴레옹의 일화나 군막에서도 책을 집필했던 로마 황제 아우렐리우스의 행적을 떠올리면서 지식이야말로 최고의 무기라는 사실을 절감한다. 남과 다른 혁신적 발상까지 갖추고 있다면 더 말할 나위가 없다. 지식과 인간애, 혁신이란 최고의 조건에 반하지 않을 상대는 없다. 1910년 4월 20일 프랑스의 봄에서는 도도하게 꽃 핀 '과학의 지성'이 단연 화제였다. 물리학자 퀴리 부부가 라듐 금속의 분리에 성공해 많은 이들을 놀라게 했고 결국 노벨 물리학상을 수상함으로써 '백화(白樺)의 으뜸'이었음을 증명했다. 1917년 미국 뉴욕의 봄은 한 예술가가 몰고 온 '혁신의 향기'로 설렜다. 4월 10일 뉴욕의 한 전시회에서 프랑스 미술가 마르셀 뒤샹은 남성용 변기를 '샘'이라는 작품으로 출품함으로써 기성 미술계의 편견을 허물었다.

셋,

達 : 이르다

현장의 지식이 성장 동력

그냥 흘러들어도 되는 말이란 없습니다.

굵은 땀으로 얼룩진 옷자락, 목이 터져라 외친 고함에

사람들이 지켜집니다. 환한 미소가 안전해집니다.

이유를 묻고, 원리를 깨우치고, 방법을 찾다가

신발 굽이 닳고, 밑창이 해지고, 때로 진창에 빠지기도 합니다.

현장의 하루가 짧은 까닭은 온갖 낭패를 몸소 체험한 용기 덕분입니다.

시퍼렇게 날 선 시간들이 쏜살같이 지나간 귀한 날들입니다.

기술의 목표는 [안전한 휴식] 이다
지자체와 연계한 스마트복합쉼터 조성

국토교통부가 국도 이용자들을 위한 특별한 휴식 및 문화공간인 '스마트복합쉼터' 추가 조성에 나선다. 이를 위해 국토부는 지난 11월 1일부터 각 지자체로부터 스마트복합쉼터 공모를 받고 있다. 스마트복합쉼터는 일반 국도 이용자들에게 스마트 기술에 기반한 휴식과 문화 공간을 함께 제공하는 융·복합 쉼터다. 스마트 기술을 통해 국도 이용객의 편의를 도모하고, 지역의 문화·관광 자원 등과 연계해 지역경제 활성화에도 기여하는 것을 기대하고 있다. 국토부가 시설부지 확보, 진출입로 조성 등 기반시설 구축을 전담하며, 지자체는 복합쉼터 공간을 조성하고 운영한다. 국토부는 지난 2020년부터 총 18개소에서 스마트복합쉼터 조성 사업을 추진해 왔고,

지난해 5월 국도 제19호선이 지나는 경남 하동에서 처음 개장했다. 하동을 시작으로 국토부는 올해 말까지 총 6개소의 스마트복합쉼터를 조성할 예정이다. 국토부는 스마트복합쉼터에 태양광 설비, 친환경차 충전 시설을 비롯해 조명이나 주차안내 등에 스마트 기술을 적용할 수 있도록 이번 공모를 통해 적극 지원할 방침이다. 국토부는 외부 전문가로 구성된 평가위원회의 심사를 거쳐 내년 4월까지 5개소를 선정한다. 선정된 지자체에는 1개소당 국비 20억 원을 지원해 특색 있는 문화·관광 자원을 연계한 복합 공간을 조성할 수 있도록 할 방침이다. 국토부는 또 도로 이용객의 안전과 편의 향상 뿐만 아니라 지역 일자리와 경제 활성화에도 기여할 수 있도록 스마트복합쉼터를 지속적으로 확충해 나갈 계획이다.

역사를 살펴봐도 현명하고 지혜로운 리더들은 늘 구성원들에게 충분한 휴식을 통해 긴 여정을 완성시켜 나갔다. 무소불위의 강력한 권한을 휘두른 옛 봉건시대 전제군주들도 폭염과 한파의 계절에는 군사와 부역을 중지시켜 혹시라도 빚어질 반발을 방지했다. 속도전의 달인으로만 알려진 몽골제국의 전사들이 동유럽까지 정복한 비결은 실상 그들의 휴대용 숙소 '게르'에서 찾을 수 있다. 유목민들에게는 평상시의 집이나 다름없는 게르에서 틈틈이 취한 휴식 덕분에 몽골 기병들은, 정주 국가들로서는 도저히 상상할 수 없는 대제국의 건설을 완성시킬 수 있었다. 우리 조상들에게도 휴식은 상당히 중요한 행사였다. 조선시대에는 관료들에 '사가독서'라는 휴가제도를 시행해 휴식을 취하고 학문을 장려하는 일석이조의 효과를 거두었으며, 심지어 공노비들에게도 출산휴가를 보장하는 선진적인 노동 환경을 제공했다. 휴식을 보장하지 않았던 역사에서는, 반드시 대립과 투쟁으로 점철된 비극이 일어나, 현대인들에게 반면교사의 역할을 톡톡히 해주고 있다. 듣기만 해도 낭만적인 분위기가 물씬 풍기는 여름휴가의 대명사, '바캉스(Vacance)'의 유래에는 처절하고 격렬한 투쟁의 역사가 숨어있다. 1936년 5월 프랑스의 작은 공장에서 노동절 시위에 참여했다는 이유로 5명의 노동자가 해고된다. 분개한 노동자들은 공장 점거 파업에 들어가 결국 해고자 전원 복직과 파업권 인정, 파업일 임금지급 요구까지 관철시켰다. 같은 해 열린

파리 꼬뮌에서 이 파업의 성과가 널리 알려지며 그 유명한 프랑스 대파업이 시작되었다. 180만 명이 넘는 인원이 참여할 정도로 걷잡을 수 없는 물결을 이루자 결국 대통령의 중재로 자본가 대표들과 프랑스노동총연맹(CGT)이 마띠뇽 협정을 체결하게 된다. 협정에는 주 40시간 노동, 1년에 2주일 유급휴가, 전국적 단체교섭, 임금인상 등 당시로서는 획기적인 내용들이 포함되었다. 이때 명문화된 프랑스 노동자의 유급휴가가 바로 바캉스의 시작이었다. '휴식'이라는 단어는 쉴 휴(休)와 숨 쉴 식(息)으로 이뤄져 있으니 '큰 숨을 내쉬며 쉰다'는 뜻이다. 공교롭게도 우리 말에서 숨을 쉬는 의성어 '휴' 가 이 단어의 앞에 버티고 있으니, 표현만으로도 쉬고 싶은 마음이 절로 든다. 큰 숨을 쉬며 체력과 의지를 재충전하고 미래를 대비하는 지혜가 필요하다.

정부가 [가장 든든한 우군] 이다

해외인증 상호인정제도, 지속 확대

우리 기업이 국내 기관을 통해 해외인증을 취득할 수 있도록 하는 상호인정제도와 관련, 정부가 품목을 지속 확대해 나가기로 했다. 최근 진종욱 국가기술표준원장은 전기차충전기 전문업체인 대영채비를 방문한 자리에서 이같이 밝혔다. 이 자리에서 진 원장은 상호인정을 통한 해외인증 획득 성공사례를 청취하고 성과 확산 방안을 논의했다. 대영채비는 지난 4월 대통령 미국 국빈 방문 시 한국기계전기전자시험연구원(KTC)과 미국 UL(미국 대표 시험인증기관)이 체결한 업무협약을 통해 미국 에너지스타 인증을 국내 시험만으로 획득했다. 이어 지난달에는 사우디 국빈 방문 시 경제사절단으로 참여해 사우디에 전기차 충전 인프라 수출 계약을 체결하는 데 성공했다. 이는 국표

원이 지난 6월 발표한 '해외인증 종합지원 전략'의 일환인 해외 시험 인증기관과 국내기관 간 상호인정 협약을 적극 활용하고 정부의 세일 즈 외교를 기회로 활용한 성공사례로서 큰 의미가 있다.

일각에서는 기업이 구슬땀을 흘리며 열심히 일하는 이유를, 이기주의적 측면에서만 들여다보는 오해가 있다. 일견 이윤추구를 속성으로 삼는 기업을 제대로 짚은 '통찰력의 혜안'이지만, 한편 경제학의 파급효과를 고려하지 않은 '성급한 결론'이기도 하다. 시장에서 살아남기 위해 기업은 그야말로 인고의 세월을 견뎌낸다. 창업 이후 구성원들의 모든 지혜와 힘을 모아 기술개발에 힘써 존재 이유를 증명한다. 그렇게 안간힘을 다해 사업화에 성공하며 '죽음의 계곡(Death Balley)'을 건너면, 수많은 경쟁자들을 물리쳐야 하는 '다윈의 바다(Darwinian Sea)'가 기다리고 있다. 상어 떼가 득실거리는 극한의 시장 환경에서 살아남아야 비로소 지속가능한 경쟁력이 내부에 축적되는 것이다. 기업의 흥망성쇠를 설명하는 식상한 이론이지만, 한 해 한 해 기업들이 살아남기 위해 얼마나 처절한 노력을 기울이는 지 짐작할 수 있는 대목이기도 하다. 시장에서 살아남는 것만으로 기업은 고용을 창출하고 물자와 재화를 이동시키며, 인프라를 건설하고 각종 경제 수요를 촉발시키며, 축적한 기술력은 국가 경쟁력으로 이어진다. 기업이 거둔 수확물은 구성원과 파트너들을 먹여 살리고 미래를 담보하는 재원이기도 하지만, 이윤추구를 위해 노력을 기울이는 과정 자체가 곧 국가 경제의 동력이니, 각고의 '이윤추구'가 '이기주의'의 오명을 뒤집어쓸 이유는 전혀 없다. 실시간의 냉철한 판단을 내려야 하는 리더는, 긴 항해를 시작하는 배의 선장과 다를 바 없다. 목표에 대한 정확한 항로 안내와 선원들의 안전을 책임지는 역할을 수행하기 위해 리더는 때로 비정한 결단도 마다치 않지만, 가장 혹독하게 몰아붙이는 대상은 실상 그 자신이다. 글로벌 초경쟁에서 싸우고 있는 우리 기업들의 경영환경은 그리 녹록치 않다. 밤잠을 못 이루며 경영지표를 분석하고 활로를 뚫어야 하는 하는 것은 물론이고 '24시간 일한다'는 표현을 쓰는 것도 전혀 과장이 아니다. 기업에게 모멸감을 심어주지 않고 구성원들에게 자부심을 채워줘야 시장에서 더 큰 힘을 낼 수 있다. 국가는 기업에게 군림하거나 명령하는 상사가 아니라 생존 현장의 안전을 보장해줘야 하는 우군이다.

청와대 근무 시절, 문재인 대통령과 함께(왼쪽에서 다섯 번째 대통령 , 여섯째가 필자).

안으로 굽지 않아야 [오래 간다]

무한경쟁 돌파 해법은 공정한 시장환경

치열한 글로벌 무한경쟁 환경 하에서 우리 기업들은 살아남기 위하여

지금 이 순간에도 최선을 다하고 있다. 예년보다 좋았던 기업도, 그렇지 못한 기업도 병존하지만 질긴 생명력의 'K-컴퍼니' 저력은 그리 쉽게 사그라들지 않는다. 전년보다 실적이 좋았던 기업들은 탄력을 받아 기세를 이어가고 혹여 부진했던 기업들도 절치부심의 전략으로 만회하기 위해 칼을 간다. 사실상 변변한 자원 없이 수출로 먹고 사는 우리에게 글로벌 경제 환경은 가혹하기 그지없다. 선진국에 뒤처지지 않도록 끊임없는 자기혁신은 물론, 무섭게 쫓아오는 후발 국가들에 맞서 원가 경쟁력도 확보해야 한다. 갈수록 맹렬해지는 팍스 아메리카나(Pax Americana)의 위력 앞에서 눈치 보며 표정 관리도 해야 한다. 만만한 대상 없는 강대국 틈바구니에서 이 정도로 선전하는 것만 해도 천운이라 봐야 한다. 모두가 열정 넘치는 한국인들의 근성 덕분이다. '팍스 아메리카나' 얘기가 나온 김에 원조 격이라고 할 수 있는 '팍스 로마나(Pax Romana)' 시절의 교훈 한 대목을 짚어본다. 5현제가 잇달아 출현해 로마 제국의 명성을 천하에 떨쳤던 무렵, 스토아학파의 대철학자이며 [고백록] 의 저자 마르쿠스 아우렐리우스는 로마 역사상 가장 위대한 군주로 꼽힐 만하다.

자비로운 선정을 베풀었고, 격조 있는 대화로 소통하며 누구에게나 존경을 받았다. 노구를 무릅쓰고 군대의 선봉에서 사기를 돋우었으며, 넘치는 지성으로 학문을 장려했다. 하지만 이처럼 현명한 군주도 자식 앞에서는 부정에 치우쳐 냉정하지 못한 판단을 저질렀고, 결국 제국의 쇠락으로 이어진 빌미를 제공했다. 그때만큼은 현자가 아니라 한 가정의 아버지에 불과했던 마르쿠스 황제는 겨우 14살의 아들 코모두스를 군 최고사령관인 임페라토르(Imperator)에 임명하면서 비극을 예고했다. 로마의 전성기는 핏줄에 얽매이지 않는 '양자 황제'의 전통에서 비롯되었는데, 친아들을 중용해 국력을 약하게 만들고 사랑하는 아들마저 암살의 비극적인 죽음으로 내몰았으니, 예나 지금이나 육친의 지나친 정은 지혜의 눈마저 가리는가 보다. 마르쿠스 아우렐리우스와 코모두스의 교훈은 현세에도 여전히 유효하다. 안으로 굽는 팔을 서슬 퍼렇게 경계해야 100년 대계가 완성된다. 오랫동안 쌓은 공든 탑도, 무너지는 것은 순식간이다.

여전히 [인간이 중심] 이다
안전 강화한 인공지능 CCTV 주목

인공지능(AI)을 활용한 건설현장 CCTV와 앵커를 자동으로 설치하는 로봇 등이 우수 스마트건설 기술로 선정됐다. 국토교통부는 스마트 건설 기술 활성화를 지원하기 위해 연 '2023 스마트건설 챌린지' 공모전 수상작을 지난 11월 17일 발표했다. 올해로 4회째인 스마트건설 챌린지는 안전관리, 단지·주택, 도로, 철도, 건설정보모델링(BIM) 등 5개 분야에서 관련 업체들이 기술 경연을 벌이는 행사다. 안전관리 분야에선 AI를 활용해 건설 현장 지능형 CCTV 기능을 향상한 콘티랩이 국토부 장관상을 받다. 이를 통해 위험 작업 때 근로자가 안전한지 원격·자동으로 판별할 수 있다. 단지·주택 분야에선 천장 앵커 설치를 자동으로 해주는 건설용 로봇 기술을 개발한 삼성물산·

대명GEC가, 도로 분야에선 무인 드론을 활용한 도로 생애주기 관리 자동화 플랫폼을 만든 현대건설·아르고스다인·메이사가 상을 받다.

인간애가 바탕이 되어야 교통의 본질을 이해할 수 있다. 시장에서 상인들과 한 컷.

20~30년 전, 2020년대의 현실을 막연한 상상으로 그려보던 시절이 있었다. 자동차가 하늘을 날아다니고, 로봇이 인간의 시중을 들며, 직장인들이 출근하는 번잡함에서 벗어나 재택근무로 모든 일을 처리하는 낙원의 모습이다. 이처럼 행복한 상상은 많은 영화 속에서 인간의 욕망을 대리 충족시켜줬지만, 막상 기대했던 시간이 되고

보니 현실은 달랐다. 분명히 기술은 진보했지만, 여전히 사람이 중심이다. 아이들은 졸린 문을 부비고 일어나 가방을 챙겨 등교하고, 직장인들은 일터로 나가기 위해 출근 전쟁을 벌여야 한다. 기업들은 초일류 무한경쟁의 극한 환경에서 살아남기 위해 각종 데이터를 점검하고 꼼꼼한 계획을 수립한 뒤, 구성원들의 동기를 자극하고 팽팽한 긴장으로 몰아넣어야 한다. 실적을 내고 수확의 기여도에 따라 결실의 몫을 공평하게 분배하려면 어쩔 수 없는 현실이다. 언뜻 각박해 보이지만, 여전히 사회를 굳건히 지탱하고 미래로 나아가는 힘이 사람들의 손에 쥐어져 있다는 깨달음으로 가슴을 쓸어내리게 된다. 영화 속에서 보듯 완벽해 보이는 기계나 컴퓨터 시스템이 인간의 통제를 벗어나면 얼마나 많은 위험이 도사리고 있는 지 짐작조차 할 수 없다. 그럼에도 불구하고 일각에서는 우리 사회의 중요한 판단과 중재를 인공지능에게 맡겨야 한다는 주장이 심심찮게 들리고 있다. 사법기관이나 언론을 인공지능으로 대체하자는 극단적 주장에 많은 사람들이 고개를 끄덕이고, 이미 일부 스포츠 종목에서는 로봇 심판이 도입되어 시험되고 있다. 그만큼 인간들의 판단이 불완전하다는 방증이기도 하지만, 실수를 내포하는 인간의 불완전성보다는 현실의 불공정성에 더 강한 불만의 방점이 찍혀 있다. 치우치지 않아야 할 사법기관부터 자신의 기득권만큼은 버리지 않고 있으며, 정당이나 국회, 언론사, 교육계, 문화예술계, 스포츠 분야 등 도처에서 사리사욕으로 엇나간 횡보의 흔적들이 우리 사회를 얼룩지게 하고 있다. 이 같은 세태 속에서 '공평무사(公平無私)'라는 단어는 얼마나 매력적인 단어인지 모른다. 백척간두의 벼랑 위에서도 단호하게 군율을 세워 사기를 북돋운 이순신 장군의 '공평무사'는 열 두 척의 배로 수백 척의 적을 격파한 기적을 낳았다. 기율을 어긴 자신의 머리카락을 칼로 잘라버린 조조의 일화 역시, [삼국지연의] 에서 반드시 배워둘 만한 대목으로 꼽힌다. 부디 공평무사(公平無私) 의 원칙을 어기지 않으리라는 믿음, 누군가는 지켜줘야 하지 않을까.

따뜻한 시선이 [아이디어 원천] 이다
교통약자 이동권 보장하는 전동 모빌리티

일본 모빌리티쇼가 약자들의 이동권(移動權) 향상에 대한 남다른 시각을 보여줬다. 지난 10월 25일 일본 도쿄 빅사이트에서 열린 '일본 모빌리티쇼' 프레스데이 행사에서는 토요타 발표 무대에 다양한 전기차 모델들과 함께 전동 휠체어가 당당히 올랐다. '제이유유'(JUU)로 명명된 해당 제품은 신체가 불편한 사람이 타인의 도움 없이 어디든 자유롭게 이동할 수 있도록 설계됐다. 전동 휠체어보다 한 단계 진화한 수준으로, 계단을 오르내리는 것도 충분히 가능하다. 제이유유에 달린 두 개의 큰 동력 바퀴로 계단을 이동할 때는 등받이 뒤에서 접이식 꼬리가 동시에 펼쳐져 기울어짐을 방지한다. 자동으로 최적의 자세를 유지해 최대 16cm 높이의 계단을 오르내릴 수 있다는

교통 약자를 무시하는 교통 정책은 차별의 소지가 다분하다.
사진은 더불어민주당 행사에서 전현희 전 국민권익위원장(오른쪽)과 함께 한 필자(가운데).

설명이다. 토요타가 견지하는 이동권의 개념에서 교통약자가 중요한 축중의 하나라는 사실을 확인한 현장, 국내 자동차 회사들의 의견이 궁금해지는 장면이다.

동질감 형성을 통해 자부심과 용기를 얻는 것은 선순환 효과의 대표적인 사례다. 2002년 월드컵 4강 신화 당시, 사람들의 웃음소리가 거리를 가득 메웠고, 들뜬 목소리로 희망을 얘기했다. 시니컬한 사람에게는 '단순한 공놀이'일 수 있는 축구 경기를 통해 솟구쳐

오르는 자신감을 얻었고, 그 자신감은 우리 사회를 움직이는 동력으로
작용했다. 정현종 시인은 '사람이 온다는 건 실은 어마마한 일'이라고
노래했다. 한 사람의 일생이 '통째로' 오기 때문이다. 이 시가 절창인
이유는 머리와 가슴을 동시에 관통하는 통찰력에서 나온다. 무릎을
치며 탄복할 수밖에 없는 정현종 시인의 노래처럼, 사람의 일생이
온다는 건 그의 과거와 현재, 미래가 함께 온다는 것이고, 아울러 그의
과거와 현재, 미래와 얽힌 또 다른 사람들의 일생들도 함께 온다는
뜻이 된다. 지성이 인간의 생존을 수호하는 실재적 장치라면, 감성은
상처받은 영혼을 치유하는 마법의 영역이다. 지성과 감성의 조화로운
균형이 인간의 품격을 완성하고 유지시킨다. 효율성만 앞세울 것
같은 21세기에도 감성의 영향력이 여전한 이유는 여기서 기인한다.
기업이 진심으로 고객을 생각하며 고민했던 흔적이 발견되고,
고민의 과정이 결과로 이어진다면 적은 노력의 마케팅만으로도
고객은 감동한다. 재화를 치르고 제품을 사는 고객들의 마음을
움직여야 성공하는 것이다. 역사를 거슬러 올라가보면 인류 최초의
경제활동은, 각자의 필요성에서 비롯된 '물물교환'이라고 할 수 있다.

내가 가진 것과 상대방이 가진 것을 공평한 가치로 교환하는 합리적 행위야말로, 이기적이면서도 이타적인 경제활동의 출발점이었다. 바닷가 어부가 짊어지고 온 물고기와 사냥꾼이 가져온 짐승가죽이 그 노력과 희소성, 수요를 따져 합리적으로 교환되는 경제활동을 통해 인류는 자급자족의 원시사회를 벗어날 수 있었다. 물물교환의 발달로 인류는 공동체를 구성하고 원거리에 있는 다른 공동체와의 교류를 시작했다. 더 많은 생산품을 가져가 필요로 하는 물품과 바꾸기 위해 가족이 아닌 공동체 구성원이 필요해졌고, 이동수단의 발달도 촉진됐다. 함께 먼 길을 떠나는 구성원들은 그야말로 생사고락을 같이하는 동지가 아니었을까? 한정된 식량을 나누어 먹으며 혹한과 땡볕을 견딘 끝에 목적을 이루고나면 크든 작든 결과물을 분배하며 서로의 용기를 칭찬했을 것이다. 만약 식량이 부족하다고 병든 동료를 무리에서 내쫓거나, 여정이 힘들다고 살길을 찾아 뿔뿔이 흩어졌다면, 분배의 만찬은 없었을지 모른다. 때로 고도화된 현대의 기업들이 원시적 경제공동체의 뿌리를 더 쉽게 잊으며 자만의 늪에 빠진다. 잊지 말아야 할 것까지 잊으면 나중에는 자신이 잊혀진다.

기업의 경쟁력은 [오래 버티기]다
세수 무너지는 자동차 부품 수출 현지화

자동차 수출이 역대급 실적을 내는 가운데, 부품 수출은 감소하는 기현상을 보이고 있다. 현대자동차그룹이 외국 현지 부품사의 제품 채용을 늘리면서 나타나는 '이례적인 현상'이라는 분석이다. 한국 부품사가 현지 생산을 늘린 점도 영향을 미친 것으로 풀이된다. 지난 11월 3일 산업통상자원부의 수출입 동향에 따르면, 지난달 자동차 부품 수출은 17억 7,200만 달러로, 전년 동기 대비 3.7% 감소했다. 지난해 12월부터 우하향 추세가 이어지고 있다. 11개월간 3개월(2·6·8월)만 제외하고 모두 마이너스를 기록했다. 자동차 수출은 지난해 7월부터 16개월 연속 상승세를 보였다. 지난 9월을 제외하고 모두 두 자릿수 증가폭을 나타냈다. 올해 월평균 증가율은 32%에 달한다.

교통과 주거 정책은 수혜자인 주민 입장에서 생각하고 실행되어야 한다.
사진은 청년 대상 국회 강연에서 발언하는 모습.

부품 수출 감소는 한국 부품사가 외국 현지 공장에서 생산한 물량을 늘렸다는 것으로 해석될 수도 있다. 현지 생산 물량은 수출로 잡히지 않는다. 부품 수출 감소가 한국 부품사의 현지화 전략 영향이라고 해도, 국가 차원에서는 반가운 상황이 아니다. 세수 감소가 심해지고, 일자리 창출 효과도 외국으로 넘어가게 되기 때문이다.

되돌아보면 우리 수출기업들 입장에서 어떤 해의 추수도 수월한 농사를 앞세운 적은 없다. 걸림돌을 치우고 장애물을 넘고 구덩이를 피하며 이런저런 고된 여정 끝에, 바구니에 담긴 쭉정이 몇 알에 허탈한 적도 한두 번이 아니었다. 그럴 때마다 좌절하지 않고 새로운 희망을 길어 올려 촉촉이 땅을 적셨다. 더 큰 열매와 굵은 알곡을 거두기 위해 구슬땀을 흘렸다. 우리 기업들이 넘어온 구비구비 고갯길은 대개 그러했다. 두 팔 벌려 환영하는 출정도, 힘내라는 격려의 배웅도 없었다. 막막한 산등성이들이 눈앞을 가로막고 '어디 올 테면 와보라'는 도발 일색뿐이었다. 한 발 한 발 우직하게 나아가는 수밖에 달리 도리가 없었지만, 한 고개 넘을 때마다 다리에는 굵은 알통이 차올랐다. 역경을 이겨내며 차곡차곡 쌓은 내공이야말로 두려움 없이 강호를 일주할 수 있는 원동력이었다. 보람과 성취감만으로 질긴 명줄 이어가는 초창기야 그럴 법도 하지만 한 해 두 해를 보내며 변변한 수확이랄 게 없으면 억장이 무너진다. '힘든 길 간다'며 대견하게 봐주는 애틋한 선배들, 마음 맞는 직원들과 쓴 소주를 기울이며 역전의 희망을 얘기했다. 그렇게 차곡차곡 땀으로 범벅된 농꾼 행세로 차디찬 경쟁의 현장을 지켰더니 어느새 중견의 반열에 오르게 됐다. 한 발 더

뛰고, 한 곳 더 보고, 한 번 더 듣고, 한 치 더 생각하는 부지런함이 오래 견딘 유일한 비결이었다. 규모가 커져도 다시 맞는 새해는, 새로 시작하는 첫해처럼 또 힘들다. 매년 새롭게 다시 시작하라는 무언의 계시를 받아도 또 신발끈을 동여매게 된다. 한숨보다 용기가 더 먼저 솟는 이유는 지나온 길에 대한 자부심 때문이다. '기쁨을 동반하지 않는 시련이란 없을 것'이라는 믿음으로 당당히 헤쳐가다보니 확실한 수확을 예고하는 과실수로 성장했다. 수확의 철이 되면 진한 향기로 사람을 모으고 달콤한 과즙으로 보답하는 존재가 된다. 변함없이 땀 흘리며 천둥 몇 개, 벼락 몇 개 맞는 시련쯤이야 기꺼이 감수하는 사람들, 그들의 가장 큰 수확은 늘 '변함없는 초심'이다.

국제사회의 기준은 [오로지 국익] 이다
대기업, 중견기업보다 중소기업이 선방한 수출

올해 3분기 중소기업 수출은 전년 동기 대비 소폭 감소한 것으로 나타났다. 세계적 고금리 기조, 중국의 경기침체 등 부정적인 여건 속에서도 화장품 등 주력 수출 품목이 호조세를 보이며 대기업, 중견기업보다는 오히려 수출 감소폭이 적었던 것이 위안이다. 지난 11월 12일 중소벤처기업부가 발표한 [2023년도 3분기 중소기업 수출 동향] 에 따르면 3분기 중소기업 수출은 274억 6,000만 달러로 전년 동기 대비 0.9% 감소했다. 같은 기간 대기업은 12.7% 감소했고 중견기업은 6.2%로 감소해 중소기업은 상대적으로 적은 폭의 감소세를 보였다. 이를 통해 총 수출 감소폭(-9.7%) 완화에도 기여했다. 수출로 외화를 벌어들인 중소기업 수는 8만 5,916개

사로 전년 대비 2.5% 증가했다. 신규 수출기업은 7.9% 증가, 수출 중단기업은 3.5% 감소하는 등 중소기업의 수출지표가 개선되는 흐름을 보였다. 월별로 보면 중소기업 수출은 7월에 감소세(-5.4%)를 보였으나, 8월부터 플러스(0.7%)로 전환해 지난 9월까지 증가세(2.1%)를 유지했다. 지난해 6월부터 이어진 중소기업 수출 감소세가 올 하반기에 들어서면서 개선의 조짐을 보이고 있는 것이 그나마 희망적인 신호다.

청와대 근무 시절, 선후배 동료들과 함께.

글로벌 수출 환경은 그야말로 차갑다. 나라 밖으로 눈을 돌리면 이스라엘-팔레스타인 전쟁으로 몸가짐부터 조심스럽다. 온라인에서의 개인 간 논쟁이 번져 이제 국제 사회에서도 국가 차원에서 어느 편인지 줄 세우기를 요구하기 때문에 수출 기업들은 고래 싸움에 새우 등 터질까 전전긍긍이다. 드넓은 중동 시장도, 선진국 이스라엘과의 공조도 어느 하나 포기할 수 없는 신세인지라 공연히 눈치만 보게 된다. 동맹국 미국은 툭하면 앞으로 떠밀며 '몸빵'을 요구하니 기가 막힐 노릇이다. 탈도 많고 말도 많은 미국 대통령 선거도 코 앞으로 다가오고 있다. 현직 대통령 민주당 조 바이든과 지난 대선 당시 선거 부정을 주장하며 절치부심해온 트럼프의 리턴 매치다. 세계 초강대국 미국의 대선에 우리 정부와 국민들의 시선이 쏠리는 이유는 누가 대통령이 되느냐에 따라, 안보와 경제에 미치는 영향력이 확연하게 달라지기 때문이다. 과거에도 미국 대선에 대한 각별한 관심은 여전했지만, 예측이 불가능한 트럼프 시대와 철저하게 국익 우선주의로 일관한 바이든을 연이어 겪으며 우리 신경은 더 예민해졌다. 어떠한 변수에도 불구하고 최소한의 동맹국 지위를 보장받았던 과거와 달리, 우리 국익을 우리 스스로 챙기

지 않으면 안된다는 사실을 절실하게 깨달았기 때문이다. 냉혹한 국제
사회에서 '영원한 우방도 영원한 적도 없다'는 당연한 명제가 더 명료
하게 들리는 이유다. 국제 사회에서 주목받으려는 트럼프가 없으니 한
국의 존재감이 줄어들거라는 전망도, 바이든이 그래도 합리적이니 억
지는 부리지 않을 거라는 분석도, 엄연한 국익 앞에서는 설득력을 잃
은 지 오래다.

미국 대통령이 미국의 국익을 위해 일하는 거야 당연하다. 우리 역시
누구보다 냉정한 시각과 유연한 대처능력으로 국제정세를 현명하게
헤쳐 나가는 자세가 필요하다. 정부는 외교를 통해 우리 영토와
국민을 적극적으로 보호하고, 경제 정책을 통해 국민의 살림살이가
나아지도록 힘써야 하며, 문화 진흥을 통해 국민 자부심을 고취시켜야
한다.

지극히 자연스러운 방향으로 국가 시스템이 작동해야 국민을 안심시
킬 수 있는 정부로 바로 설 수 있다. 오로지 경계해야 할 것은 우리 내
부에서의 불공정 담합이다. 공정한 경쟁이 이뤄질 수 있는 사회적 환

경을 만들어줘야 건강한 경쟁력이 길러질 수 있기 때문이다. '자본주의'의 문제점은 '시장 자유주의'와 동의어로 쓰이면서 발생한다. 공정거래를 하자면서 독과점 카르텔에 지나치게 관대한 것이 우리가 오랫동안 유지해온 그릇된 관행이다. 권력기관이 개혁에 부정적이거나 소극적인 이유도 여기서 비롯된다. 스포츠, 예술계, 언론계, 의료계 등 전문직들도 '제 밥그릇 지키는' 것에만 열심이다. 어느 분야든지 진입장벽이 높을수록 선순환이 어렵고 경쟁력은 떨어지기 마련이다. 진정한 혁신은 벽이 무너지는 그 순간부터 시작된다.

마법의 주문은 [민관협력] 이다
스스로 살아남은 수출기업의 저력

"우리 기업, 우리 산업의 저력은 위기 상황에서 늘 빛났습니다."

지난 10월 12일 한 신문사가 주최한 포럼에서 방문규 산업통상자원부 장관은 우리 기업과 산업의 저력을 추켜세웠다. 각국의 보호무역주의 확산과 함께 최근 이스라엘과 팔레스타인 하마스간 전쟁 등 외부 변수가 발생하면서 원자재 시장까지 불안한 환경, 수출 여건이 좋지 않은 상황에서의 장관 덕담은 사실 팩트 그 자체다. 과거 개별 국가 간 또는 기업 간 벌어졌던 '1대1 대결 구도'는 이제 '다자간 경쟁 구도'로 빠르게 바뀌고 있는 가운데, 각 생태계 안에서 구성원들이 어떻게 협력을 하는 지가 기업 생존의 핵심 변수로 부상한 시대다. 전선이 바뀌고 상대가 달라졌어도 우리 기업들의 저력은 쉽게 흔들리지 않는다. 유연한 대처가 경쟁력이기 때문이다. 방 장관의 "첨단산업 분야의 글로벌 경쟁력 확보를 위해 인프라 구축, 우수인력 양성, 초격차 기술 확보 등에 있어 정부와 기업이 한뜻으로 힘을 모아야 할 것"이라는 당연한 얘기에도 감동을 표시한다. 법인세 인하, 투자 세액공제 확대 등 기업 부담을 완화하겠다는 약속도 전혀 새로울 것이 없지만, 다시 한번 결의를 다진다. 이재정 국회 산업통상자원중소벤처기업위원장이 "반도체, 배터리, 전기차 등 첨단 산업의 공급망 확보 및 투자 협력 강화를 통해 산업 생태계 전반의 경쟁력을 보완할 수 있도록 노력을 기울이겠다"는 다짐에도 입술을 질끈 깨문다. 우리 수출기업들처럼 순수한 모습을 어디서 찾아볼 수 있을까.

질병의 공포로 찾아왔다가 결국에는 곳간을 갉아먹는 바이러스로 진화하고 말았던 코로나19, 2년이나 지난 공포지만 아직도 당시의 후유증으로 앓고 있는 분야가 하나둘이 아니다. 당장 수출기업들은 말할 것도 없고 국민들 혈세로 조성된 금쪽같은 재정도 나라 경제를 거덜냈다. 직원들을 줄이고 사업장을 멈춰야 했던 소상공인들과 중소기업들은 비어가는 통장 잔고에 피가 말랐다고 회고한다. 가계 살림도 움츠러들어 소비심리마저 위축된 당시는 떠올리기도 싫을 법하다. 하지만 지난 2년 동안의 움츠린 기간이나 지금이나 그래도 희망을 잃지 않았던 이유는 우리 국민의 놀랄만한 저력을 믿었기 때문이다. 이보다 더 어려웠던 시절도 우리는 모두 극복했던 경험이 있었다. 지난 1997년 IMF 사태는 물론이고, 2007년 미국발 서브프라임 모기지론 악재로 촉발된 전 세계적인 금융위기도 대한민국 국민들은 슬기롭게 이겨냈다. 그뿐인가? 더 거슬러 올라가보면 우리는 전쟁의 폐허로 전 국토가 유린된 세계 최빈국에서 시작해 세계 10위권의 경제대국으로 성장한 '기적의 나라'다. 그 놀라운 성과를 우리는 70년도 안된 기간에 완성했다. 인류가 지구를 지배한 이래 처음 있는 일이라고 확신한다.

자탄과 푸념에서 '자화자찬'으로 이어지는 감정의 기복이 롤러코스터 같다고 느껴질 법 하지만, 같은 지면에 공감과 응원을 동시에 담으려니 질박한 글재주가 아쉽기만 하다. 방금 얘기한 것처럼 대한민국의 저력은 이처럼 위기 상황 속에서 오히려 빛난 적이 더 많다. 코로나19에 대처하는 국민들의 방역 마인드도 세계 어느 나라와 비교할 수 없을 정도로 성숙했던 것은 물론이고, 자신도 어려운 가운데에서 온정의 손길로 선행을 실천하는 아름다운 그림도 더러 감동을 전해줬다. 역설적이게도 우리는 '코로나19'라는 재앙을 겪으며 새로운 발전의 계기를 발견하고 말았다. 그동안 부러워했던 유럽과 북미 선진국들의 허둥대고 갈팡질팡하는 모습이 아니라, 방역 당국의 지침에 따라 질서 있게 행동한 대한민국 국민들이 자랑스러웠던 시절이었다.

연세대학교에서 도시공학을 공부해 박사 학위를 받고, 전문가로서 한 단계 더 성장했다.
사진은 박사 학위 발표 모습.

융합, 스마트, 첨단... [표현의 늪]
5년 만에 결실 맺은 세종 스마트 국가산단

세종특별자치시를 자족경제도시로 이끌 '세종 스마트 국가산업단지 (이하 국가산단)'가 출발을 알렸다. 국토교통부의 산업단지계획 최종 승인을 받으면서, 2018년 8월 국가산단 후보지로 선정된 이후 5년 만에 결실을 맺었다. 세종 국가산단 조성 사업은 한국토지주택공사 (LH)와 세종도시교통공사가 공동 사업시행자로 참여해 연서면 일원에 275만 3,000㎡(약 83만 평) 규모로 2029년까지 완공을 목표로 추진된다. 총 사업비는 1조 8,005억 원에 달하며, 유치업종은 미래 모빌리티, 바이오헬스, 스마트시티 관련 소재·부품 제조업 등이다. 생산성의 획기적 개선을 이끌 '스마트 팩토리', 자재·제품· 정보의 신속·원활한 흐름을 보장하는 '스마트 로지스틱스', 편리하고 저렴한 대중교통 체계를 갖춘 '스마트 모빌리티', 에너지 비용 절감을 이룰 수 있는 '스마트 에너지'의 개념 등이 도입된다.

환상과 신기루의 대명사로 황금만한 것이 없다. 안정적인 4, 50대보다 모든 면에서 서툴고 미숙한 20대가 '인생의 황금기'로 불리는 것도 모든 금속 중에서 황금이 가장 큰 가치를 지녔다고 믿은 황금 숭배사상에서 비롯됐다. 그보다 더 비싼 보석들도 있지만 화폐로 교환되는 환금성이 높고, 오히려 화폐보다 더 반갑게 거래되는 황금, 인류는 오랫동안 황금에 지배되어 왔다. 역사가들이 꼽는 인류 최고의 부호는 14세기 초 아프리카 말리제국의 국왕 만사무사(Mansa Musa, 재위 1312년~1335년)다. 지금의 화폐가치로 환산하면 만사무사의 재산은 무려 4천억 달러(455조 원)로, 빌 게이츠나 엘론 머스크도 감히 돈 자랑을 할 수 없을 지경이다. 그가 다스리던 말리제국은 사하라 사막 이남의 광활한 지역으로 지금의 가나, 세네갈, 니제르, 코트디부아르, 부르키나파소 등을 아우른다. 전 세계 금의 70%, 소금의 50%가 말리제국에서 생산된 것이 부의 원천이었다. 독실한 이슬람 신도였던 만사무사가 1324년 메카로 성지순례를 떠날 당시 끼친 경제적 나비효과만 살펴봐도 그의 부가 어떠했는지 짐작할 수 있다. 600명의 시종, 60,000명의 귀족과 백성, 12,000명의 노예로 구성된 순례 행렬은 600마리의 낙타에 각각 100kg가 넘는 황금을 싣고 아프리카 북부와 중동 지방을 거쳐 메카로 향했다. 가는 곳마다 상상을 초월하는 기부 활동은 물론, 이슬람 사원을 지으며 미친 듯이 금을 뿌려대, 전 세계 금값이 폭락하고 서유럽까지 휘청거리게 만들었다. 아랍 지역 물가가 다시 안정되는 데에만 무려 10년이 넘게 걸렸다고 하니, '골든 플렉스의 대재앙'이라고 불릴 만하다. 풍요로웠던 말리는 만사무사 이후 한 번도 세계사에 등장한 적 없는 미개국으로 전락한다. 캐내서 펑펑 써대기만 했지 황금의 가치를 재생산하지 못한 결과다. 단단함으로 보면 길가의 돌멩이만도 못하고, 산업적 활용도에서도 다른 금속보다 하나도 나을 것이 없는 금에 인간이 집착하는 이유는 근거 없는 환상 때문이다. 모세의 십계명을 기록한 석판을 궤짝에 담고, 그 언약궤를 금으로 치장한 데서 유태인의 불행이 싹텄다. 고작 궤짝을 차지하기 위해 피비린내

나는 전쟁을 벌인 어리석음을 어떻게 설명해야 할 지 모를 지경이다. 부처의 말씀보다 황금으로 치장한 불상의 영험에 집착하고, 보석이 박힌 황금 십자가의 신비에 매몰되는 순간, 인류의 지성은 성장을 멈추게 된다. 주거 보금자리인 주택이 부동산 갭투자의 수단으로 전락하고, 블록체인 기술의 총아인 비트코인도 '황금'의 대체제로 인식되는 불안한 시대다. 정신을 바짝 차리고 '말리의 몰락'을 되새겨 보아야 할 때다.

근거 없는 낙관은 [건강에 해롭다]

IMF, 대한민국 성장률 올해, 내년 전망치 유지

국제통화기금(IMF)이 우리나라의 성장률에 대해 올해 1.4%, 내년 2.2%로 지난 10월 내놓았던 전망치를 각각 유지했다. IMF는 지난 11월 17일 내놓은 [2023년 한국연례협의 보고서] 에서 이같이 밝혔다. 올해 하반기부터 반도체 수출 개선, 관광산업 회복 등에 힘입어 점진적으로 반등한다고 분석한 것이다. 다만, 이는 중국의 경제 회복세를 반영하지 않은 수치다. 최근 IMF는 중국 정부의 경기 부양책 등을 고려해 올해 중국의 성장률을 5.0%에서 5.4%로, 내년에는 4.2%에서 4.6%로 각각 0.4% 포인트씩 올렸다. 이는 한국 경제의 반등을 더 끌어올릴 수 있는 요인이다. IMF는 경상수지 흑자 규모도 올해 국내총생산(GDP) 대비 1.3% 수준에서 점차 개선돼

4.0% 수준으로 회복할 것으로 내다봤다. IMF는 또 한국 정부의 내년 예산안과 재정준칙 도입 노력 등을 긍정적으로 평가하며 재정 건전성 확보를 위한 노력을 지속해야 한다고 조언했다. 재정준칙의 관리지표·한도 등이 적절하게 설정돼 재정을 관리하는 데 도움이 될 것이라는 견해다.

가슴 속의 불씨는 언젠가 활활 타는 동력이 된다. 김장 봉사하는 모습.

조금씩 달아오르다 어느새 뜨거워진 풍경에 화들짝 놀라고 바삐 옷을 갈아입는 계절, 매서운 추위가 찾아오는 것도 순식간이다. 얼어붙은

땅 저 깊은 곳에 불씨를 꺼뜨리지 않고 고이 품고 있다가, 다시 화톳불을 지펴 대지를 활활 타오르게 만드는 자연의 신비에 놀라움을 감출 수 없다. 계절의 변화 못지 않게 사람의 앞날도 변화무쌍하다. 따뜻한 마음이, 혹은 목표에 대한 열정이 완전히 식지만 않으면, 언젠가 때를 만나 힘차게 펄펄 끓어오르기 마련이다. 그래서 가장 뜨거워질 시절을 준비하며 서서히 예열하는 과정이 반드시 필요한 법이다. 지금은 전 세계인이 즐기는 문화, K-Pop도 오랜 연습생 시절의 혹독한 트레이닝이 바탕에 깔려 있다. 세계 5위 자동차 대국의 명예도 한순간에 달성되지 않았다. 대부분의 부품을 수입해 조립한 뒤, 껍데기만 씌워 되팔던 시기도 있었다. 선진국 디자인을 흉내내며 조잡한 가전제품을 생산하던 개도국 시절을 거쳐, 지금의 글로벌 TOP 브랜드 'Made in Korea'가 탄생한 것은 누구도 부정할 수 없다. 정점에 올라서는 과정은 쓰디쓴 '신난'과 고통스러운 '인고'를 견뎌내는 시간이다. 데이고 쓸리고 베이면서도 망치와 인두, 끌을 놓지 않았던 한없는 참을성이 최고의 작품을 만들어낸 유일한 비결이다. 거슬러 되돌아보면 우리나라의 근대 역사는 기적 아닌 것이 거의 없다. 오랜 식민의 수탈과 연이어 벌어진 내전의 참화 속에 국토가 유린당하고, 심지어 땔감으로 소진해 나무마저 거의 없던 '민둥산'의 보잘 것 없던 자산을 추슬러 오늘날의 대한민국을 완성했다. 부녀자의 머리카락을 팔아 가발을 만들어 수출하고, 낡은 선풍기 하나로 수백 명이 버티던 극한의 노동환경에서 밤을 낮 삼아 미싱을 돌렸다. 눈물겨운 시절이었지만, 변변한 자원 하나 없던 가난한 나라의 노동자들은 그렇게 하루하루를 버티며, 외화를 벌어들였다. 경제원조를 기대하며 남의 나라 전쟁터에 소중한 내 핏줄 젊은이들을 사지로 내몰아야 했고, 말도 통하지 않던 타국의 지하 갱도 막장에서 석탄을 캐고 환자들의 고름을 짜냈다. 글줄이라도 배운 이들은 더듬거리는 발음의 영어로 조잡한 우리 상품을 팔기 위해 천갈래 만갈래 뛰어 다녔다.

밥 때를 놓쳐 길바닥에서 질긴 샌드위치를 씹으며 허기를 달래는 것도 때로는 사치로 여겨졌다. 너 나 없이 절박했다. 언젠가 우리도 식구마다 한 칸 씩 방을 가지게 될 날을 꿈꾸며 시간을 아끼고, 허리띠와 신발끈을 조였다. 지금의 대한민국은 그러한 고난의 여정을 지나온 결과물이다. 활활 타오르던 우리의 열기가 어느새 식지 않았는지 진지하게 되돌아볼 시점이다. 아직 불씨가 남아 있다면 그것은 다시 뜨거워질 복선이다. 가장 좋은 연료는 격려와 존중이다. 다시 뜨거워지기 위해 따뜻한 마음이 절실하다. 다만 자신감과 믿음은 반드시 '씨불'로만 쓸 일이다. 근거 없는 낙관 뒤에 찾아올 허탈함은 상실감을 더 크게 만든다. 베트남전 당시 미군 포로들의 사례에서 유래한 '스톡데일 패러독스'를 떠올려보면 약간의 비관론이 근거 없는 낙관론보다 생존에 유리하다.

진료는 [의사] 에게, 처방은 [약사] 에게
경제회복 조짐 진단한 기재부의 결기

한국 경제가 회복 조짐을 나타내고 있다는 정부 진단이 나왔다. 경기둔화를 언급한 지 1년 5개월 만이다. 반도체를 중심으로 생산과 수출이 개선된 데다 국제 유가, 중국 경기, 미국 물가 등 대외적인 요인에서도 청신호가 켜진 영향이다. 기획재정부는 지난 11월 17일 발간한 '11월 최근경제동향(그린북)'에서 "반도체 등 제조업 생산·수출 회복, 서비스업·고용 개선 지속 등으로 경기회복 조짐이 서서히 나타나는 모습"이라고 평가했다. 정부는 지난해 6월 대외여건 악화와 투자부진을 이유로 경기둔화가 우려된다는 진단을 내놨다. 이후 같은 표현을 7개월간 유지하다 지난 2월 경기둔화가 '가시화'됐다고 분석했다. 지난 8월에서야 경기둔화가 일부 완화됐다는 설명을 냈지만, 여전히 경기 자체는 하강 국면에 있다고 봤다. 전반적인 수출 증가세에 힘입어 정부 진단은 경기 회복 조짐을 언급하기 시작했다. 지난달 수출액은 지난해 같은 달보다 5.1% 증가한 550억8,000만 달러였다. 월간 수출액은 지난해 10월부터 9월까지 1년 연속 감소하다 13개월 만에 증가했다. 자동차(20%)와 선박(101%), 석유제품(18%) 수출이 늘어난 영향이다.

경제지표는 정부의 역량을 증명하는 비로미터이다. 윤석열 정부 들어서 우리 경제는 추락하기 시작했다.

7~80년대 학교를 다녔던 중장년 세대에게 러시아 대문호 토스토예

프스키의 〈죄와 벌〉은 교양을 쌓기 위한 필독서였다. 선과 악이 무엇인지 고뇌하는 수많은 청춘들에게 인간의 본성에 대한 탐구열을 자극한 명작이건만, 이제 스토리는 물론, 등장인물들의 대사조차 가물가물하기만 하다. 간신히 기억나는 건 〈죄와 벌〉이라는 선명한 제목뿐이다. 수많은 인과관계가 복잡하게 얽혀있는 현대 사회의 한복판에서 부대끼며 살다보면, 젊은 시절처럼 〈죄와 벌〉의 서사가 간명하게 읽히지 않는 것이 어찌 보면 당연한 현상일지도 모른다. 죄가 있기 때문에 당연히 벌이 따르는 것인지, 체제가 심판하는 물리적 형벌과 양심에서 우러나오는 내적 죄책감 중에서 어느 것이 더 무거운 벌인지, 가늠이 쉽지 않은 이유는 현대인들의 가치관이 시대에 맞춰 복잡다단하게 진화했기 때문일까. 우리나라가 겪는 경제적 고통은 죄의 산물이 아니라 단지 가벼운 방심의 탓이기를 기원하며 반전의 드라마를 갈망한다. 한 해를 결산하는 12월의 긴박함 바로 코앞에서 11월은 과연 우리에게 어떤 화두를 던지고 있을까? 축제의 끝자락을 붙잡고 마냥 여운에 취해 있을지, 낭패의 국면을 돌파하기 위해 새로운 질주의 동력을 만들어낼지, 운명의 갈림길에서 11월은 신속한 판단을 요구한다.

서늘한 아침 저녁으로 하루를 열고 닫으며 또렷한 정신을 일깨워주는 11월의 준엄한 격려에 의지와 지혜로 화답해야 한다. 한낮의 볕으로 몸을 움직일 수 있도록 잠시 숨을 골라주는 11월의 배려 깊은 관용에 땀과 실천으로 보상해야 마땅하다. 따지고 보면 11월은 세계사를 바꿔놓은 대변혁의 달이기도 하다. 노예해방의 주역 미국 16대 대통령 에이브러햄 링컨은 11월 6일 당선됐고, 인권운동의 기수 존 F. 케네디는 11월 8일에 미국 대통령 선서를 했으며, 버락 오바마는 11월 4일에 최초의 미국 흑인 대통령으로서 공식적인 집무를 시작했다. 11월 9일에는 독일 베를린 장벽이 무너져 본격적으로 동서냉전과 정치 이데올로기 대립의 몰락을 알렸다. 최초의 국제 연합 전문기구 유네스코(UNESCO)는 11월 4일 발족했고, 서구 민주주의 발전의 토대를 세운 영국의 명예혁명은 11월 5일 완성됐다. 공교롭게도 알버트 아인슈타인의 〈일반상대성이론〉 역시 11월 5일에 발표되어, 이 날은 세계 정치사와 현대 자연과학사에서 가장 특별한 날로 기억되고 있다. 대량살상 무기들이 총동원되어 인류를 상대로 성능을 시험했다고까지 평가받는 '저주의 전쟁' 제1차 세계대전은 11월 11일에서야 비로

소 총성을 멈췄다. 11월 17일에는 이집트의 수에즈 운하가 개통되어 지중해와 홍해를 연결하는 무역항로가 개척됐고, 11월 22일에는 '진화론의 아버지' 찰스 다윈의 명저 〈종의 기원〉이 출간되어 자연과학계와 종교계에 커다란 충격을 던져줬다. 또 11월 27일은 세계에서 가장 권위를 인정받는 노벨상이 제정된 날이기도 하다. 한 해의 흐름에서 특별한 역할이 없어 보이는 밋밋한 11월이지만, 과거에 이처럼 '엄청난 일'들이 일어났다는 것은 앞으로도 '어마어마한 일'들이 일어날 수 있다는 방증이다.

Epilogue

에필로그

한 눈 팔지 않으리라 다짐하며 시작한 여정,
때로 지치고 힘든 순간들마다 초심을 되새겼습니다.
부족한 저를 질책하고 이끌어준
선배, 스승, 멘토 어르신들에게 존경을 전합니다.
특히 박기춘, 전현희 전 국회의원 두 분에게 받은 은혜를 잊을 수 없습니다.
투정과 잔소리를 견디며 항상 곁을 지켜준
친구 정승철, 후배 강태영, 김대업에게 감사를 전합니다.
책이 완성될 수 있도록 도와주신 많은 분들의 건승을 기원합니다.

졸저를 펴내느라 소홀했던 아내와 두 아이,
내 평생의 은인이자 동반자인 신연희씨,
나의 분신 이지유, 이지안에게
이 책을 바칩니다.

행복한 출퇴근길

1판 1쇄 발행 2023년 12월 3일

지은이 ｜ 이인화
펴낸이 ｜ 이종진

펴낸곳 ｜ 비전케이피
주 소 ｜ 경기도 남양주시 화도읍 맷돌로50, 103-603
등 록 ｜ 2023년 7월 14일 제 399-2023-000061호
전 화 ｜ 010-5544-9841
이메일 ｜ tigerdaddy@hanmail.net
ISBN ｜ 979-11-984577-1-4 03810

값 20,000원